集英社オレンジ文庫

書店男子と猫店主の長閑《のどか》なる午後

ひずき優

本書は書き下ろしです。

Daydreams
in the Marmalade
Bookstore

モデル：坂口健太郎
撮影：堀内　亮（Ｃａｂｒａｗ）
スタイリスト：山田祐子
ヘアメイク：池上　豪
衣装協力：ブリンク・ベース

やさしい秘密

Daydreams in the Marmalade Bookstore

（なんだこれ？）

突然目に入ったものに、賢人《けんと》は眼鏡の内側でぽかんとしてしまう。

六畳《じょう》一間《ま》のせまい部屋。畳の上に、拾ってきたガラスのローテーブルを置き、そこで額にタオルを巻いて水彩画を描いている自分。

周囲には、テーブルにのり切らない紙や絵の具、筆、パレットが散らばっていた。他にも紙工作用のボンドやスケールなどの道具がプラスチックケースの中に収納され、壁際に積まれている。

（懐かしい光景だな――）

それは半年前まで作業用に借りていた部屋だった。日当たりは良すぎるくらいだが、クーラーはない。風通しもいまいち。冬はともかく夏は地獄《じごく》だ。しかしその分家賃は安い。

額のタオルは、後から後からふき出してくる汗が絵の上に落ちないようにするため。本当は夜に作業をしたかったが、当時従事していた飲食店でのホールのバイトは、深夜の方が時給が良かったため、作業はどうしても日中になりがちだった。

（作業用にひと部屋余分に借りるのと、絵本作りの材料費と、資料代と……。好きでやってたことだけど、やっぱりしんどかったな……）

ほんの半年前までの生活を、ほろ苦く思い出す。

真剣な顔で絵に色をのせていた自分は、ひと区切りついたらしく額のタオルを取って前腕の汗をぬぐった。それから何かに気づいたのか、ふと振り返る。

そして思いがけないものを見たかのように、笑顔を浮かべ――


「賢人」

ふいに離れたところから名前を呼ばれ、ハッとした。

ほぼ同時に、目の前で「あのぅ」と遠慮がちな声が響《ひび》く。

「ちょっと訊《き》きたいことが……」

「はっ、はい……っ」

意識が急速に現実に戻ってきた。ここは現在のバイト先。そして今は仕事中だ。

書店のレジに立っている自分の前には、小さな子供を連れた女性のお客さんがいた。怪《け》訝《げん》そうな顔で賢人を見ている。

「すみません！　ぼーっとしてしまって……。何かご用でしょうか」

あわてて訊《たず》ねると、相手はホッとしたように表情をゆるめた。

レジ脇のクッションの上で身を丸めていた鋼《はがね》色の猫が「ヌー」と鳴く。しっかりしろよ、とでも言うかのごとく。橙《だいだい》色の蝶《ちょう》ネクタイをしめたその猫は、ここの店主なのだ。

猫に気づいた子供が手をのばすが、クッションの置かれた台が高いため届かない。「んー」とむずがる子供に、母親が「かわいいね」と声をかけてから再びこちらに向き直った。

「表の看板を見たんですけど――」

「はい。製本のサービスをご希望ですか？」

「本っていうか、アルバムみたいなものってお願いできます？　この子の写真を何かオシャレな本みたいな形にまとめて、うちの両親に贈りたいんです」

「そうですね。普通の本の形でお作りすることも可能です。が――」

賢人はあらかじめ用意してある商品見本をレジ下の棚から取り出し、カウンターの上に並べていった。そしてその中のひとつを手に取る。

「それでしたら、こういったアコーディオン型のものなどいかがでしょう？」

それは、ふたつ折りにした紙を互い違いに貼《は》り合わせて蛇腹《じゃばら》の形につなげていく、「折り本」と呼ばれる製本の見本だった。背の部分で綴《と》じた本とちがい、開くと横に長くのびていく形である。

「広げればインテリアとして飾ることもできるのでお勧めです」

「わぁ、かわいい……！」

女性客は蛇腹の形をしたアルバムを、アコーディオンのように開いたり閉じたりして写真の見え方を確かめている。賢人はさらに言い添えた。

「台紙の種類も色も多数ご用意しています。イラストやコメントを加えることも可能です」

「へぇ……それは手書きでもいいんですか？　たとえばこの子が書いたものとか」

「はい、大丈夫です。スキャンして取り込んだ画像を合成する形ですから」

「すごい。本当に世界で一冊の本になるんですねー！」

見本を何度も開いたり閉じたりしながら、女性は瞳を輝かせる。

ジャンルを問わず、人は自由なカスタマイズというものに弱い。そこを推して説明していくと、彼女はかなり心惹《こころひ》かれたように訊ねてきた。

「でも一冊だけ作るのってお金かかるでしょう？　値段はどのくらいなんですか？」

「当店の製本はすべて手作業ですので――」

「えっ、手作りなんですか!?」

「はい。この奥にあるアトリエで一冊ずつ作ります」

「すてきー」

若いお母さんの顔がますます輝く。

ジャンルを問わず、人は手作りという響きにも弱い。彼女は俄然《がぜん》乗り気になったようだ。

アコーディオン型アルバムの場合、材料費プラス賢人の二時間分の時給。それを高いと感じるか、安いと感じるかは人それぞれだが、ネットなどの一律のサービス内で作るアルバムよりは、自由で手のこんだものができる。

はたしてその女性客は一冊予約を入れてくれた。

(――よしっ)

紙の種類や色、デザインのイメージや、コメントなどをどう載せるかを相談しながら、心の中でぐっとこぶしをにぎる。

製本サービスは賢人の発案だった。それが店の売り上げにつながるならうれしい。

十分ほど打ち合わせをした後、女性客はついでに恋愛小説の文庫を一冊購入し、子供の手を引いて店を出て行った。

暇になった賢人は、レジ下の棚からスリップを入れた箱を引っ張り出し、今日売れた冊数を数えてみる。

(あと一冊で二桁《けた》になるんだけどなー)

文字通り数えるほどしかないその枚数に、切なくため息をついた。

ここ『ママレード書店』は、横浜《よこはま》は元町《もとまち》の裏通りにある個人経営の書店である。そのまま観光名所になりそうな味のある洋館の一階にあり、長らくカフェとして使われていた店舗を改装したレトロな雰囲気の店構えだ。

店内も古い洋館の内装をほぼそのまま使っていた。上下に分かれた壁の下半分と、床と天井、それに本棚はすべてチョコレート色の木材である。壁の残り半分はよく手入れされた白い漆喰《しっくい》で、天井からは真鍮《しんちゅう》の枠にステンドグラスをはめ込んだランプが吊《つ》るされている。

広い空間を支える柱の前には、やはりチョコレート色の大きなのっぽの古時計が、一時間ごとに鈍い金属音で時を告げていた。

学校の教室ほどの広さの売り場の他に、前身であるカフェのテーブルと椅子《いす》を残した閲《えつ》覧《らん》コーナーもある。余談だがジャムのような店の名前もカフェの名残《なごり》なのだそうだ。

その佇《たたず》まいに負けず劣《おと》らず、本屋としての品揃《しなぞろ》えもまた落ち着いたものだった。新刊や話題の本よりも、定番の文学作品や一定の需要のある専門書籍、有名作家の既刊などをメインに据《す》えている。繁盛しているとは言い難いが、散歩ついでの近所の人や近隣にある学校の学生、めずらしいタイトルを求めてくる通《つう》の常連客、さらには歩き疲れた観光客で、ぽつぽつとした客足は途切れない。そんな店だ。

賢人がここで働き始めたのは、店のオープンと同時の半年前。その時手作りの看板をひとつ、細い裏通りに面した店の入口に置いた。

「世界でたった一冊。あなただけの本を作ります」……と。

*

子連れの女性客が店を去ると、賢人は店内に他の客がいないことを確かめて閲覧コーナーへと向かう。

近代のアメリカに多い様式で建てられたこの洋館は、四角い主棟の端に、八角形の塔屋を有している。閲覧コーナーはその塔屋の部分を利用していた。

売り場に比べるとこぢんまりとした八角形のスペースに、古めかしいテーブルと椅子をいくつか並べたそこでは、この書店のオーナーにして賢人の中高生時代の先輩でもある篠《しの》宮馨《みやかおる》が、いつものごとく愛用のノートパソコンと向かい合い創作活動に励んでいた。

賢人は小さく頭を下げる。

「先輩、さっきはすみません……」

「さっき?」

「お客さんがレジに来てたのに、ぼーっとしちゃって……」

「あぁ――」

形だけうなずきながらパタパタとキーボード上で指を走らせ、時折「なにかちがう」とばかり眉根をわずかに寄せる――たったそれだけの仕草が、品のいいトラッド系のスタイルと相まって妙に絵になる。

そんな雇い主の前で、まごうかたなき量販店系スタイルの賢人は、立ったままため息をついた。

「ちゃんと仕事に集中しているつもりなんですけど、なんか最近変なんです。たまに……たまになんですけど、白昼夢《はくちゅうむ》みたいなものを見て、気がつくとぼんやりしてて……」

言い訳になっていない賢人の言い訳に、馨はさほど気にする様子もなく相づちを打つ。

「へー」

長年カフェ『ママレード』を営んできた先代のひ孫にあたり、譲り受けた店を書店にした彼だったが、その時点ですっかり満足してしまったらしく、経営についてはゆるいとしか言いようがない。何しろ目下《もっか》最大の関心事と言えば、職業作家になるべく文学賞への投稿小説を書くこと、なのだから。

わりと深刻な賢人の告白にも淡泊《たんぱく》に応じた。

「混んでるってわけでもないし普段はいいけど。客がいる時は――」

「普段もよくないですよ！　仕事中にぼんやりするなんて」

なぜか、ぼんやりした側が力説して返す。

馨は先刻まで女性客のいたレジを見やった。

「最近、製本の依頼が増えてきたからじゃないか？」

「そうかもしれません。気をつけます……」

ずり落ちてきた眼鏡を指で押し上げながら、やはり寝不足のせいだろうか、と考える。

賢人の担当する製本サービスは、個人の原稿やイラストや写真、あるいは著作権の消滅した作品を、好みの装丁で一冊ずつ手作りで本の形にするというものだ。特別な思い出作りとして、この頃は希望する客が増えてきている。

それ自体はうれしいのだが、いつも書店を閉めた後に作業を始め、つい熱中してしまうため、時間を忘れがちだった。そして気がつくと寝そびれてしまう。

「絵本の仕事もあるだろうし、ほどほどにな」

ノートパソコンに目を落としたまま馨が言う。

「あ、それはそれでちゃんと時間取ってるので大丈夫です」

賢人は恐縮して返した。実はここでのバイトの他に、プロの絵本作家としても仕事をしている。

もともと手先が器用で、絵を描いたりペーパークラフトを作成するのが好きだった。趣味が高じて絵本を作るようになり、大学在学中に大きな新人賞を取ったまではよかったものの、今の時代、細々《ほそぼそ》と絵本を刊行するだけでは暮らしていけない。よって日中はこの店でバイトしているのだ。

（ちゃんと寝て、昼間に影響しないようにしないと。作業を切り上げるためのアラームでもかけるか――）

気を引きしめるこちらの意気をくじくように、馨が笑った。

「このままだと、製本サービスが書籍の売り上げを越える日も近そうだな」

「笑い事じゃありません！　せめて人気のあるマンガだけでも扱いましょうよ。ほんとお客さん来ないんですから」

「暇でいいじゃないか」

「毎日レジを締めてから売り上げの集計してて悲しくなってくるんです。あまりに額《がく》が儚《はかな》くて」

店員として真摯《しんし》に訴えると、馨は自分の肩をさすりながら首をまわす。

「オーナーの俺が、本を売ることよりも好きな本をそろえることにこだわってるからなぁ」

「それです！　そこ問題ですよね」

「なにが?」

「だってこの店、裏通りとはいえ近くに住宅地も学校も観光地もあって、立地的には恵まれていると思うんです。店内も雰囲気があっていいし、扱う本を変えるだけで客足がずいぶんのびると思うんですけど」

「それは困るな」

「あのですね」

真顔で言われ、こちらも負けずに真顔で返した。

馨は人混みがきらいなのだ。転じて、店が人でいっぱいになるのも避けたいようだ。商売人の風上にも置けない。

にもかかわらず手間とお金をかけて書店を開いたのは、ひいお祖父《じい》さんの守ってきたこの洋館が好きだから。ようは好きな場所に自分のお気に入りの本を詰め込んで、どこまでも自分好みの城を作ったというわけだ。この人は。

そしてその趣味を共有できる客だけを呼び込もうとしている。

(なんてわがままな……!)

嘆息《たんそく》する賢人に向け、馨は肩をすくめた。

「絵本を入れるのは認めたろ」

「確かに。あれは非常に楽しくそろえさせてもらいましたが！」

「商品構成は変えない。俺は現状を気に入ってるから」

きっぱりと言い、彼はレジの方へと声をかける。

「なぁ、ミカン。ニッチな品揃えがいいって言う客もいるしな？」

同意を求めるような呼びかけに、オーナーによって店主に任命されている猫が、「ヌー」と低く鳴いて答えた。比較的どうでもよさそうだ。

しかし実際、この店の雰囲気が好き、他にない本のラインナップがありがたいと、声をかけてくれる客がいるのも事実だった。そのまま常連になってくれる人も多い。

また店内の写真を撮り、「横浜のステキな本屋さん」とブログやＳＮＳなどで紹介してくれる人もちらほらいる。

（正直もったいないって思うけど……それが先輩のこだわりなら、まぁいいか――）

本棚の間を歩いてレジに戻りながら、そう結論づける。

いちおう意見はしたものの、基本的にはどんなこともなるべく馨の希望にそいたいと思う。

何しろ大学を卒業してからも定職に就《つ》かず、掛け持ちしたバイトにふらふらしながら絵本作りを続けていたところを、嘘《うそ》のような好待遇でここのバイトに誘ってもらった恩がある。

時給はまずまず、業務時間外はレジ奥のアトリエを使いたい放題で、製本サービスの売り上げも一部は自分のものになるのだ。

おかげで作業用の部屋を借りる必要がなくなり、にもかかわらず収入は掛け持ちの時と比べて遜色《そんしょく》なく、おまけに商品として仕入れた絵本をタダで読めるのだから破格と言っていい。

その代わり店員は賢人ひとり。他に従業員はいなかった。

しいて言えば猫のミカンがいるが、彼は店主という立場にあるため、店の雑用にはかかわらない。いつも橙色の蝶ネクタイをしめ、専用のクッションの上で支配者然と昼寝をしているのみ。

入荷した本を並べ、背をきれいにそろえて棚を作り、在庫や返品の確認をし、客からの問い合わせに応じて時に出版社と連絡を取るのは、すべて賢人の仕事である。

客で混み合うことのない店とはいえ、慣れない書店の仕事を一手に引き受けるのは、最初は大変だった。しかしそれを差し引いても魅力的な職場なのはまちがいない。

チリンチリン……。

ちょうどレジに入ったところで、ガラス張りのドアが開き、カフェの時代から使われている真鍮のベルが鳴った。

「いらっしゃいませー」

賢人は反射的に笑顔で入口に声をかける。

そして新しく入ってきた客を見て、ふと目をしばたたかせた。

可愛《かわい》らしいプリント柄のTシャツに、ピンクのスカート。そんな格好の小柄な女の子が、ひとりで中に入ってくる。

（小学校……四年？　五年生くらいかな？）

子供の客自体はめずらしくない。が、保護者がいないというのはあまりない。何しろこの店にはマンガもライトノベルも置いてないので、子供だけで気軽に入ってくることはまずないのだ。

時計を見ると午後の三時になるところだった。

（学校が終わって家に戻った後、ってとこか……）

さりげなく注意していると、女の子は店の中を見まわして、よく言えば重厚な、率直に言えば古めかしい雰囲気にややひるんだ様子だった。しかし出て行くことはなく、果敢《かかん》にもレジに近づいてくる。

「あの……っ」

あどけない声で、女の子は閲覧コーナーを指さして言った。

「あそこの……あの席って、座って本を読んでもいいんですか？」

「……どうぞ」

身近に小さな女の子がいないため、どう接していいのかわからない。

とりあえず賢人はレジの上から身を乗り出し、できる限り優しい声で応じた。

「好きなだけゆっくりしていってください。――あのへんに、読みやすい本がありますよ」

絵本の置かれている棚を指で示すと、女の子はおとなしくそちらに向かう。

（絵本コーナー充実させててよかったー！）

なんとはなしガッツポーズを決めた。といってもここの客層に合わせ、美術的な面を重視したシックなタイトルをそろえてしまったのだが、どうだろう？

（大丈夫かな……？）

ちらちらと見ていると、女の子は絵本を何冊か手に取って閲覧コーナーに向かった。隅《すみ》の席でノートパソコンと向き合う馨を見て、反対側の隅の席に座り、持っていった絵本をおとなしく読み始める。

特に不自由することもなさそうだったため、賢人はカウンターの中で本にかけるカバーを折る作業に専念した。

ゆったりとした、静かな時間が流れる。そしてしばらくたった頃――

ふいにレジ脇のクッションで寝ていたミカンが、のっそりと立ち上がった。

「ミカン……？」

どこか風格を漂《ただよ》わせるこの猫は、日中このクッションの上から動くことがない。それはもう、そこだけが世界で唯一の安息の地であるとでもいうかのごとく微動だにしない。

にもかかわらず、今は身軽にクッションを降り、通路をするすると歩いて閲覧コーナーの方へ向かっていく。そして女の子が使っているテーブルの上にひらりと飛び乗った。

その様子はまるで活動的な普通の猫のようで、初めて目の当《ま》たりにした賢人は目を丸くする。まるで昼寝をしていた巨体の森の妖精が、突然起き出して木のてっぺんまで駆け上がるのを見たような気分である。

（何をする気だ……？）

折しも女の子は、椅子にもたれかかり居眠りをしているところだった。やはり絵本の内容が難しかったのだろうか。

「ミカン、邪魔しちゃだめだよ」

ふたたびカウンターから身を乗り出し、賢人は小声で声をかける。

しかしミカンはかまわず、眠っている女の子の前に立って相手をじっと見つめた。すると。

（あれ……？）

ほんのひと呼吸ほどの間ではあったものの――

女の子の周りの景色が、蜃気楼《しんきろう》のように揺らめいた。

（ん――？）

目の錯覚《さっかく》かと、瞬《まばた》きをして目をこらす。

その時には、景色は何事もなかったかのように元通りになっていた。

女の子は相変わらず、すやすやと居眠りをしている。きびすを返したミカンが、すとん、とテーブルから床に飛び降りて、するするとこちらに戻ってくる。

賢人が見守る中、彼はレジ脇のクッションにひょいと飛び乗ると、ふたたびそこで身を丸くした。くぁ、とあくびをしてから、口の周りを舌で舐《な》めて前足の上に頭を乗せて目をつぶる。しごく満足そうに。

（何だったんだ、今の……？）

閲覧コーナーを見ると、こちらを向いていた馨と目が合った。彼はくちびるの端をわずかに持ち上げて目を伏せる。

女の子はしばらくして目を覚まし、小さくのびをしながら、のっぽの古時計に目をやった。時計の針はそろそろ夕方の五時を指そうとしている。

とたん、あわてたように目の前にあった絵本を集めた。音を立てて席を立ち、大急ぎで絵本を元の場所に戻していく。

（起こしてあげた方がよかったかな……？）

見ないフリをしてそんなことを考えていた賢人とレジの前を走り抜け、女の子は古びた真鍮のベルを鳴らし、ガラス張りのドアの向こうに去っていった。

＊

翌日の午前中。年配の男性客がメモを手にレジにやってきた。

「この文献《ぶんけん》がねぇ、ネットの本屋では売り切れになってるんだよ。どうしても必要なもんで何とかできないかと思っていたら、知り合いがここのお店を教えてくれてね――」

何でも山手《やまて》にある女子大の教授で、論文の執筆のため、どうしても外国で出版された学術書を入手したいのだという。

賢人はうなずいた。

「かしこまりました。現地の出版社に問い合わせて、在庫があるようなら取り寄せます。送料がかなりかかってしまうと思われますが……」

「あぁ、手に入るなら何でもいいよ。いや、よかった。英語は、読むのはいいんだが、使うのが苦手でね」

大学教授が照れまじりに頭をかく。

ママレード書店にはこのような外国書籍の取り寄せ依頼も多い。

たとえ外国語のできる人であっても、見ず知らずの出版社への問い合わせや注文はめんどくさい。それを割安の手数料で代行するとあって、研究者などの間で評判が広がっているそうだ。

レジ下の棚から注文書を引っ張り出し、ボールペンを添えて教授の前に置いた。

「すみませんが、この用紙に必要事項を記入してください」

「はいはい。……なに、お兄さんは英語が得意なの？」

注文書に書き込みながら教授が訊ねてくる。賢人は小さく首を振った。

「いえ、それはこの店のオーナーの担当です」

「へぇ。オーナーって、あの風貌《ふうぼう》がいい方のお兄さんか」

（さすが大学教授。語彙《ごい》が古い！）

風貌がよろしくない方の店員としては営業スマイルでうなずくしかない。

「はい。ご存じなのですか？」

「あぁ、前にも一度ここに来たことがあってね。その時話をしたんだ」

そう言いながら、教授は閲覧コーナーをちらりと見た。

馨はまだ下りて来ていない。

この時間は毎日、二階の自室でパソコンとタブレットを駆使《くし》して株式投資の副業にいそしんでいるのだ。詳しくは知らないが、そのおかげでこの店は少ない客足にもかかわらず泰然自若《たいぜんじじゃく》と営業できているらしい。

（なのに、あくまで本業は書店経営だと言い張っているっていう――）

じつに摩訶不思議《まかふしぎ》な人である。

進学校で知られる私立の中高一貫校の中でも、彼はひときわ目立っていた。

成績が良く、運動部のエースで、上の学年から無理やり引きずり込まれたとかで生徒会にも入っていて、高校卒業後はそのままアメリカに留学し、向こうで就職した。

望めば他にいくらでも仕事はあるだろうし、そちらの方が稼げるだろうし、はなやかに暮らすことができるだろうに。

そういった、世間で価値があるとされることすべてに背を向けて、実を結ぶかどうかもわからない小説を書くことにひっそりと熱中するばかりとは――

「それじゃ、よろしく頼むよ」

記入を終えた教授が注文書を差し出してきた。賢人はあわてて物思いを胸にしまい込む。

「はい、まず在庫の確認がすんだところでご連絡します」

内容を確かめながら答えた時、チリンチリン！　という大きな音と共に、ガラス張りのドアが勢いよく開いた。

「わー、本当に本屋になっちゃったんだー！」

入ってきたのは十代後半の、びっくりするほどきれいな少女である。ふるまいから女子高生かと思ったが、よく考えれば今は平日の午前中だ。

（私服だし、大学生かな……）

見当をつけたところで、少女はレジの前にいた教授に向け片手をあげる。

「あ、先生。やだ偶然ー！」

どうやら山手にある女子大の学生のようだ。相手を見るなり教授は眉を寄せた。

「……君、その格好で大学に来る気か？」

「ダメですか？」

「いくら女子学生ばかりとはいえ――」

　教授が続く言葉を呑《の》み込む。が、何を言いたいのかはわかる。すごくよくわかる。襟《えり》ぐりの大きく開いたTシャツは、身体《からだ》のラインがはっきりわかるほどぴったりとしたサイズで、丈《たけ》が短いためお腹《なか》がのぞいている。さらにはビビッドなオレンジ色のショートパンツからは白い脚《あし》が惜しげもなくさらされていた――その姿は、どう見ても勉学の場に行く格好とは思えない。

　男性陣の困惑をものともせず、彼女はけらけらと笑った。

「やだ先生、見たくないなら見なきゃいいじゃん」

「口の利き方に気をつけなさい、篠宮くん」

　いちおう形だけ注意をし、教授は嘆かわしげに頭を振りながら去っていく。

　賢人はといえば、耳にした名前を頭の中で反芻《はんすう》していた。

（『篠宮』……？）

「カフェの方が便利だったのに～」

　その場でくるりとまわって店内を眺める相手に、おずおずと声をかける。

「あの……先――篠宮さんにご用でしょうか？」

「え、冗談でしょ。あの陰険な女たらしに用なんかないわ」

「先輩は別に女たらしなんかじゃありませんけど！」

「あ、そー？　あんた誰」

「僕はバイトの……」

「バイト？」

　訊き返し、彼女はまじまじとこちらを見上げてきた。

　賢人はその、大きく開いた襟ぐりからのぞく胸の谷間から目をそらす。鮮やかに塗られた真っ赤なくちびるからも目をそらす。自分が可愛いということを確信している、挑発的に輝く大きな瞳からも目をそらす。

（あぁもうどこを見ればいいんだ……！）

　勝手にあたふたしている賢人の前で、相手は小首をかしげた。

「あいつがバイトを使うなんて意外ー！　人見知り激しいコミュ障のくせに」

「先輩は社交的にしようと思えばできる人です。——どちら様ですか？」

「親戚《しんせき》ー。読モのバイトしててね、この後近くで撮影あるから、ヒマつぶしにのぞきに来たの」

「はぁ……」

「まったくもう！　ひいお祖父《じい》ちゃんったら、このお店はアタシにちょうだいってあんなに言っておいたのに、馨なんかにあげちゃうとかってひどくない？」

「ええと――」

「猫！　あんたのせいよ」

　何やらご立腹《りっぷく》のようだ。不満の矛先《ほこさき》は、例によってレジ脇で寝ていたミカンに向けられた。しかし貫禄《かんろく》のある猫は、ちらりと彼女を見上げたものの、興味なさそうに目を閉じてしまう。

　賢人は両者の間に割って入った。

「ミカンに罪はないですよ」

「あるわよ。この猫が選んだのよ」

　少女は、当然とばかりにこちらを睨《ね》め上げてくる。

「あんた、見たことない？」

「え？」

「白昼夢」

　どきりとした。なぜそのことを――？

　しかし訊き返そうとした瞬間、ハデな電子音が鳴り響く。彼女はショートパンツのポケットからスマホを取り出した。

「もしもーし。だれー？」

今の今まで腹を立てていたのが嘘のように上機嫌に応じ、ぱっと笑顔を見せる。

「アタシももう近くにいるよ～。今から行くね！」

「え――」

ちょっと待て。白昼夢って？

引き止めようとしたものの、電話に夢中の彼女は気づかなかった。そのまま手を振りながら店を出て行ってしまう。

後には疑問符だらけの賢人が、その場にひとり取り残された。

「ミ……ミカン。今のどういうこと？」

レジ脇のクッションで寝る猫を揺さぶってみる。

「白昼夢って何――」

どこへともなくつぶやいた時、目を開けたミカンと視線が重なった。とたん、すぅっと何かが頭の中を通り抜けていく。

気がつくと教室の中にいた。周りにいるのが子供ばかりということは、小学校だろう。

そして自分の目の前には十歳前後の女の子がいる。知らない子だ。

フリルやリボンのたくさんついた高そうな服を着ていた。しかし子供と思えないほど、険《けわ》しい顔つきである。
『なんでマナミちゃんと遊んだの？　ムシしてって言ったでしょ』
同じ年頃の少女達が、その子供の味方をするように周りを取り囲んでいた。
『今日はうちらと遊ぶよね？』
詰問《きつもん》に、どこかで聞いたあどけない声が答える。
『……マナミちゃんと、約束したから……』
『断ってよ』
『だって、約束したし……』
『断ってって言ってんじゃん！　断ってよ！』
怒りをたたきつけるように相手が手を出してくる。
どうやら突き飛ばされたようだ。周囲の景色から、自分が後ろに倒れたのがわかった。
身体の痛みや衝撃はない。けれど裂けるような心の痛みを感じる。
『アヤって、やな感じー』
吐き捨てられ、視界が歪《ゆが》む。涙がこみ上げてきたかのように。
中心の少女に連れられて他の子達が去っていくのを、ただぼんやりと――。

チリンチリン。

店のドアの開く音に、賢人はハッと我に返った。視線の先で、入ってきた客が本棚に向かう。

「い、いらっしゃいませー」

反射的に言いながら目をさまよわせた。

このところの幻覚の時と同じだ。急に現実の世界に引き戻される。

どうやらミカンを揺さぶったままの体勢でいたらしい。でんと構えた鋼色の猫から手を
離し、賢人はかがめていた背をのばす。

「……なに、いまの……?」

呆然《ぼうぜん》と見下ろすと、橙色の蝶ネクタイをつけた猫はこちらを見ながら、くぁ……とあく
びをする。そしてふたたび丸くなり、緩慢《かんまん》に目を閉じた。

*

馨はその日の午後も、一階に下りてくるや閲覧席に陣取って小説の執筆を始めた。しか
し、軽量で薄型のデザインパソコンに向き合い、けだるくキーボードを打つ様はいつにも

増して憂《うれ》いに満ちている。

（行き詰まってんのかな……）

何でもそつなくこなしてしまう馨だが、実のところ小説を書く才能だけは人並みに達していないようだ。

「あの、先輩――」

昼間起きた一連の出来事について、彼は何か知っているのだろうか。

賢人は棚の整理をしながら、思いきって切り出してみた。

「ミカンって……普通の猫ですよね？」

「どういう意味だ？」

……まったくだ。

質問の意図が自分でもわからず、あわててごまかす。

「いえ、午前中に先輩の親戚だっていう大学生の女の子が来たんですけど……」

「学生の親戚なら何人かいるな」

「ハデな子です。読者モデルをやってるとか……」

「あぁ、美紅《みく》か。うるさかったろ」

「はぁ……」

彼女はこの店のオーナーを、ミカンが選んだと言っていた。あれはどういう意味だったのか。

（それに白昼夢って――）

知りたいことを頭の中で整理していたところで、店の電話が鳴る。あわててレジに戻って電話を取ると、相手は近所に暮らすおばあさんだった。

「あ、こんにちはー。お元気ですか？」

ミステリー小説が好きで、国内の作品はあらかた読み尽くしたという読書家である。最近は海外の翻訳《ほんやく》物にはまっているらしく、そのタイトルが非常にマニアックであるため、この店に置かれているかよく問い合わせてくるのだ。

今日訊かれたものはあいにく在庫がなかったため、版元《はんもと》に依頼して取り寄せることになった。

「届いたらすぐにお持ちしますね」

『悪いわねぇ、ありがとう』

このおばあさんは足が悪い。賢人にとっては徒歩五分の近所でも、彼女がここまで来るのは大変なため、いつも家まで届けているのだ。

何度もお礼を言うおばあさんの電話を切った時、チリンチリン、と店のドアが開いた。

「いらっしゃいませー」

声をかけながら、心の中で「あ……」とつぶやく。

昨日も来た小学生の女の子だ。そのとたん、先ほどの奇妙な白昼夢を思い出した。

普段小学生と縁のない自分が、あんな夢を見るなんて……。

首をひねっていると、女の子は昨日と同じように絵本を何冊か手に取り、閲覧コーナーの隅の席に座って黙々と読み始めた。

しばらく注意していたが、今日は居眠りをしない代わり、何度もため息をついては時計を見上げている。どうやら退屈しているようだ。

（本を読みたいわけじゃないってことか――）

いったいどんな事情があるのだろう？　小学生の女の子が、こんなふうにずっと本屋さんで過ごすなんて。

ふと時計を見ると午後の四時近かった。ちょうど小腹の空《す》く時間ではなかろうか。

（お菓子くらいあげたいな。でもいきなりそんなことしたら怪しい人だと思われるよな、きっと……）

ちらちらと閲覧コーナーを見ていると、気づいたらしい馨がめんどくさそうに眉根を寄せる。そして無造作《むぞうさ》に言った。

「賢人、コーヒー」

いつもだったら「閲覧コーナーでの飲食は禁止です」と返すところだ。しかし今日は特別である。

「はい、ただいまー」

愛想のいい声で応じ、賢人はいそいそとレジ奥のアトリエに入った。作業台の隅に置いている電気ケトルでお湯を沸かし、コーヒーと、ミルクをたっぷり入れたカフェオレを作る。

ついでに元町の輸入食材を扱う店で買った、大ぶりのチョコチップクッキーも添えてトレーにのせる。

「どうぞ」

馨の前にコーヒーを置いた後、女の子の前にカフェオレとクッキーを差し出すと、びっくりした顔をされた。

「あっちのお兄さんにいれたから、ついで」

にこやかに言うと、女の子はやや警戒するように「ありがとうございます……」と小さな声で返してくる。慎重な性格のようだ。

（もしかしたら口をつけないかもしれないな）

まぁ、それならそれでかまわない。

ほんの少し残念な気持ちを飲み下しながら、トレーを小脇に抱えてレジに戻った。が、ものの数分もしないうちに、くすくす笑う女の子の声が聞こえてきた。

見れば、馨がクッキーを使って女の子に手品を見せている。

「すごーい！」

はしゃいだ声に、なぜだか負けた気分になった。

(だから言ったじゃないか！　コミュ障なんかじゃないって！)

記憶に残るはなやかな少女――美紅に向けて心の中で訴える。

そうこうしているうちに、女の子が馨に連れられてレジにやってきた。

「賢人。本作ってるとこ見せてあげれば？」

彼も、女の子が退屈そうであることに気づいていたようだ。

賢人は小柄な相手に合わせ腰をかがめ、「見る？」と訊ねる。すると「見る！」と元気のいい反応が返ってきた。

「じゃあすみません、お客さん来たらレジに戻りますので……」

アトリエは、レジのすぐ後ろのため、店の中の様子もなんとなくわかる。

賢人が言うと、馨は軽くうなずいた。

「名前、彩《あや》ちゃんだってさ」

「え？」

『アヤって、やな感じー』

唐突に白昼夢の女の子の声がよみがえる。

（いや、まさか……）

ただの偶然の一致だ。自分に言い聞かせながら、賢人は彩をアトリエに案内した。

レジ奥にあるそこは、元はカフェの厨房《ちゅうぼう》だった場所である。作画や製本のために使用しているのだが、正直せまい。おまけに窓がなく、天井も低い。どちらかというと作業場といった様相である。

それでも賢人はアトリエと呼んでいた。

（その方がそれっぽいし）

ドヤ顔の賢人には見向きもせず、彩は台の上にぽつぽつと置かれていた、カラー絵の折《お》丁《ちょう》をめずらしそうに眺める。

「これ、賢人お兄さんが描いたの？」

あどけない声にお兄さんと呼ばれ、くすぐったい気持ちになった。

「うん。絵を描くのは好き？」

「あんまり」

　正直に首を振る仕草に笑みがこぼれる。

「これはとても特別な絵本なんだ」

　賢人が今手がけているのは、さる男性の目から見た、恋人の女性との出会いや魅力を綴《つづ》ったものだ。最後のページにはプロポーズの言葉が載っている。つまりそういう趣旨《しゅし》の本だった。

　依頼人である男性が文章を書き、そして賢人が女性の写真を参考にしつつ、ごくシンプルなスケッチ画風に絵を描いた。

　そう説明すると彩はびっくりして息を呑む。

「じゃあこの絵本で結婚するかしないか決まるの？」

「絵本だけが決めるんじゃないだろうけど、少なくとも絵本は完璧にしないとね」

「本を自分で作れるなんて知らなかった」

「覚えちゃえばそんなに難しくないよ」

　一般的な製本の手順としては、まずページを折って重ね、折丁を作って糸で綴じる。それとは別に、芯材の厚紙を使って表紙を作り、寒冷紗《かんれいしゃ》を貼り付けて背固めをした本文と貼り合わせる。最後に見返しの紙を貼り付ける——といった感じだ。

昨夜のうちに表紙まで作っておいたので、賢人は彩の目の前で製本用のボンドを使い、それと本文とをゆっくりと丁寧に貼り合わせていった。

その後見返しの紙を貼れば完成である。

彼女は作業を興味津々《しんしん》でのぞきこんできた。貼り付けた見返しの上を布でこすりながら、賢人は「どう?」と訊く。

「売り物の絵本とあんまり変わんないでしょ?」

「変わんない、変わんない」

「でも細かいところを見ると、ちゃんと手作りってわかるでしょ?」

「わかる、わかる」

「プロっぽい?」

「ぽいぽい!」

ノリのいい返事に、顔を見合わせてくすくすと笑う。

そのまま他の作業を進めているうち、レジの方からぼーんぼーんという古時計の音が聞こえてきた。

「五時だ。帰らなくて平気?」

賢人の問いに、彩は残念そうに首を振る。

「……うぅん。もう帰る」

名残惜しげに、にぎりしめていた大きなヘラを置き――彼女は自分を励ますように笑って顔を上げた。

「また来るね？」

＊

言葉通り、その翌日も、そのまた翌日も彩はママレード書店にやってきた。

本を読むこともあれば、レジで賢人がポップを作るのを眺めていたり、他のお客さんには見えないようアトリエでこっそりお菓子を食べることもある。

「でもまぁ、将来お客さんになるかもしれないし。いいですよね？」

『賢人お兄さん』と呼ばれることにすっかり慣れた賢人が言うと、馨もうなずいた。

「他の客の迷惑にならないなら、かまわないだろ」

そっけなく言っているけれど、そもそも最初に彩にお茶を出すよう遠まわしに指示してきたのは彼である。なんだかんだ楽しみにしているようだ。

賢人は書架《しょか》にある本の背をそろえながら、遠い目でつぶやいた。

「もし妹がいたらこんなふうかなって……」

「娘のまちがいだろ」

「さすがにあんなに大きい娘はまだいるはずないですよ！」

午後二時過ぎ。

近所のおばあさんの注文した本が届いているので、持っていかなければならない。賢人は棚の整理をすませた後、馨にレジをまかせて外出した。

目的の家に本を届け、玄関口で少しだけ世間話をして別れる。

店に戻ろうと車道の脇を歩いていた時、周囲に小学生の姿が多いことに気づいた。

（そうか、下校の時間か……）

なんとなくそれを眺めながら歩いていたところ、車道の向こうでひときわ高い笑い声が響いた。つられるようにそちらを向いた賢人は、大きく目を見張る。

「――――あ」

笑っている少女に見覚えがあった。以前、白昼夢の中で自分を突き飛ばしてきた子供だ。

その子は、今も他の子のランドセルを力いっぱい押して転ばせている。乱暴なたちのようだ。

「でも、なんで……」

なぜ自分があの子供を夢に見たのか、さっぱりわからない。これまでに見かけた覚えもないのに。

首をひねりながら見守る中、中心にいたその女の子は甲高《かんだか》く笑いながら走り去っていった。他の少女達もその子についていく。

転んだまま取り残された子供が、のろのろと起き上がった。

その顔を目にして二度目の衝撃に襲われる。

「……彩ちゃん――」

車道越しであるため、彼女は賢人に気づいていない。そのまま、少女達が去ったのとは反対の方向へ歩いて行った。

「――……っっ」

賢人は残りの道を走って書店に戻る。

「先輩！」

帰りつくや、泡を食って呼びかけた。幸い客はいないようだ。

（いや、幸いではないけど！）

とっさに自分にツッコミを入れながら、レジにいた馨に詰め寄る。

「先輩、やっぱり僕、おかしいんですけど！」

「ん？」

「この間、白昼夢を見たんです。その中に出てきた子供をさっき見かけて、それは彩ちゃんの友達みたいで、白昼夢の中でその子供は僕のこと『アヤ』って呼んでいたんです……！」

「落ち着け」

「そういえばこの間、美紅ちゃんも白昼夢的なことを言っていたような……!? ――え、なに、流行《はや》ってるんですか？ 白昼夢、みんな見てるんですか!?」

「落ち着けって」

折っていたらしいカバーの束《たば》で、バサ！ と頭をはたかれる。

そこでようやく少しだけ自分を取り戻すことができた。けれど疑問はまだ解決していない。

ひとりで目を白黒させている賢人に、馨はカバーの束を丸めて胸をぽんとたたいてくる。

「何があったか、順を追って話してみろ」

「え、えぇとですね――」

かくかくしかじかと勢いよく事情を語る。

なるべく落ち着いたつもりだが、賢人の説明はまだ少し混乱していたはずだ。にもかかわらず馨は的確に情報を拾い、組み立てていった。

まるで何が起きたのか、当人である賢人よりも心得ているかのような冷静さで。

「つまり、意地悪そうな女の子Aが、『アヤ』って子を突き飛ばしている幻《まぼろし》を見た。そして今日、まさにそのAが彩を小突《こづ》いているところを見たと」

「そう――はい、そうです。いったい何なんでしょう、これ……？」

「ミカン、来い」

馨が呼ぶと、レジ脇のクッションに身を丸めていた鋼色の猫が、のっそりと起き上がった。馨はそれを抱き上げて頭をなでながら小さく笑う。

「何か喰《く》わせてやれ」

不思議な指示に、ミカンが賢人を見た。

目が合ったとたん、意識の中を何かがすぅっと流れていく。

（そういえば、前もミカンと目が合った後にこうなったような……？）

そう思った直後。

賢人はどこかの家の中にいた。

玄関だろうか。妙に視界の低い自分に、ひとまわりほど年上と思われる女性が、しばし迷ってから思いきったように声をかけてくる。

『彩。学校で何かあったんじゃない？』

（……彩……？）

とまどう自分を置き去りにして、最近よく聞くあどけない声が、明るく答えた。

『別に？　何もないよ』

『そう？　……でもこの頃元気ないみたい──』

『そんなことないって。遊びに行ってきまーす！』


「賢人、……賢人。おい」

「──……っ!?」

肩を揺さぶられる感覚に、我に返った。

今自分は書店にいて、そして目の前には馨がいる。

「……先輩……？」

「見たのか？」

「え？」

「白昼夢」

大まじめにそんなことを訊く相手に、ぼんやりとうなずいた。

「………はい」

「だったら、今から俺がかなり突飛《とっぴ》なこと言っても信じるな？」

「突飛？」

「ミカンは、俺のひい祖父さんが七十年以上前に初めてここに来た時からいるらしい。その頃からちっとも姿が変わってないそうだ」

「な、七十年前……!?」

声をひっくり返らせる賢人に、馨がうなずく。

「俺が知っているだけでも、少なくともこの二十年間は姿が変わってない」

「そんな――……」

「つまりミカンは猫じゃない。猫のなりをした別の生き物だ」

きっぱりと言い切られ、唖然《あぜん》としてしまう。しかし。

「――猫らしくないなとは、思ってました……」

これまでのことを思い返すと、思い当たる節《ふし》もあった。

「のどをなでてもうっとうしがるし……、猫缶あげても食べないし……、猫じゃらしのオモチャを振ったらバカにした目で見るし……」

「パニクってるのか、のんきなのか、どっちだ」

馨が能面のような顔で訊ねてきた。しかしすぐ、気を取り直したように続ける。

「貘《ばく》って知ってるか？」

「夢を食べるっていう、伝説の……？」

「そう、それだ」

馨の説明によると、ミカンはその貘だと思う、とのことだった。

毎夜近所を散歩しては人の『夢』を食べている。けれどなぜか『記憶』だけは消化できないようで、『夢』に混じった『記憶』を後日、目の前にいる人間に向けて吐き出す。それを受け取った人間は、その『記憶』を白昼夢として見るのだという。

説明を何とか呑み込みながら、馨を見た。

「……てことは――先輩も？」

「あぁ。昔はよく白昼夢を見ていた」

「食べられた記憶はどうなっちゃうんです？」

「俺が調べた感じでは、当人はそれを忘れているようだ」

「え、大変じゃないですか！　それ」

思わず詰め寄ると、彼は「そうはいっても」と軽く肩をすくめる。

「ミカンだって喰わなきゃ生きてけないしな」

「しかも他人に向けて吐き出すって」

「毛玉を吐き出すみたいな感覚なのかな」

「毛玉……」

「人間で言うと、スイカの種とか」

「ちょっとマジメに考えてもいいですか⁉」

軽くパニックに陥《おちい》りながら、賢人は必死に言われたことを頭の中で整理しようとした。

簡単には信じられない。けれど実際に不思議体験をした。

(それに――)

猫缶に限らず、ミカンが何かを食べる姿を一度も見たことがない。

「仮に……仮にですよ。先輩の言うことが正しかったとすると、ミカンは彩ちゃんの夢を食べて、その中から実際にあったことの記憶を僕に吐き出したということですか？」

問いに、馨はこちらの混乱をおもしろがるようにうなずいた。

「だな」

「そして今、彩ちゃんはそのことを忘れてしまっている、と……」

彩の記憶とおぼしき白昼夢を見たのは二回だ。

一度目は、意地悪そうな女の子に突き飛ばされていたところ。……さっき見た下校の感じだと、あの光景は日常茶飯事のようだ。

(だいたいあんな記憶は消えてもかまわないはず)

それよりもつい先刻の——母親と思われる人からの気遣うような質問と、何もないと答えたこと。

(あれは——……)

あのやり取りから、賢人は彩が最近ママレード書店に来ている理由に気づいた。

おそらく彼女は、友達から仲間はずれにされていることを母親に言っていないのだ。けれど学校から帰った後に家にいてはそれをごまかすことができない。そのため毎日遊びに行くフリをして家を出ているのだろう。

しかし遊ぶ相手はいない。だから適当にここで時間をつぶしている。ここならたぶん、学校の知り合いに会って、そこからひとりでいることが親の耳に入るような事態にもならないだろうから。

(かわいそうに——……)

他に行き場のない彩の気持ちを考えると胸が痛んだ。

(でもダメだ)

彼女はまちがっている。おそらく母親は彼女の異変に気づいていて、心配して、力になりたいと思っているはずだから。

母親に心配されたことを忘れたままにはしておけない。

(いや、先輩の言うことが正しかったとしての話だけど!)

でももし、本当だったとしたら?

そうと仮定して考える。

何とかして——何とかして彼女に、ミカンが食べてしまった記憶を返さなければならない。

それに年長者として、つらい状況にあるはずの彼女に伝えたい言葉もある。さりげなく言うのは難しい。けれど届けたい気持ちが。

(したら、やっぱり、アレしかないな)

レジ奥に目をやり、心を決める。やるしかないだろう。

それを実現させるためにぴったりのツールを、賢人は持っているのだから。


その夜、賢人はアトリエの椅子に座り、作業台の上に何枚もの白紙を広げた。

鉛筆を手に頬杖《ほおづえ》をつき、そこで目を閉じる。

これから書こうと思うテーマを自分に引き寄せて考えるのだ。

(仲間はずれ――僕にもあったな、そういえば……)

記憶の中に潜《もぐ》り込んでいくようにして、過去を思い出す。

小学校の頃だ。

クラスの中心だった生徒の悪口が広まり、それを言ったのが賢人だとみんなが噂《うわさ》したのだ。それは真実ではなかったが、以降賢人はクラスで孤立してしまった。

誰も話しかけてこなくなり、こちらから話しかけると逃げていく。クラスメイトから理由もなく小突かれることもたびたびあった。

(あの時は――どうしたっけ……?)

遠い過去を懸命に追う。

たしか親には言わなかった。……言えなかったのだ。かといって彩のように知恵を働かせることもなく、ただ毎日家に帰ってから部屋にこもってゲームをしていたように思う。

母は気づいていただろうか?

(気づかないわけないよな……)

一緒に暮らしている子供のことだ。様子がおかしいことくらい察しただろう。

そういえば――あの頃、母はお菓子を手作りすることに凝《こ》り始め、毎日おやつがやたら豪勢だったような気がする。

パートで働いていた母にとって、それはかなり手のかかる、大変なことだったろうに。

（あれ……待てよ――）

よくよく考えれば、その頃はパートから帰ってくる時間も早かったような。

（そうだ――）

それまで学校から帰っても家にいないことの多かった母が、あの頃だけは毎日「おかえりなさい」と言ってくれていたような気がする。

けれど進級してクラスが変わって、また友達と遊ぶようになってからは元通りになった――

「あぁぁ、もしかして……！」

恥ずかしさに顔が染まった。なんてことだ。今頃気づくなんて！

頭を抱え、ひとり百面相をしながら考える。

（そうだよな。知られたくないよな――）

母親に言いたくない。彩のその気持ちはよくわかる。

友達にきらわれたなんて言い出しにくいし、みんなとうまくやれない子って思われたくないし、困らせたくないし、心配させたくないし、家ではいやなことを忘れていたいし、何より——親の前で、自分は大丈夫だって胸を張っていたい自負心を、子供は強く持っている。

(まだ小学生なのにな……)

言えばきっと悩ませてしまう。悲しませてしまう。

そんなふうに考えて、つらいことを自分の中に抱え込んで。

(でも——)

親になったことはないからわからないけれど、親だって子供のそんな顔は見たくないのではないだろうか。

子供が苦労している時に、何もできないのは歯がゆいのではないか。

せめて話を聞いて、つらい気持ちを分け合って、少しでも心の重石《おもし》を取りのぞきたいと望む——のではないか。

「——……」

白い紙に鉛筆を走らせる。

書くものがはっきりしていると作業に迷いがなくなる。

製本の都合上、手製本のページ数は八の倍数になる。よって作画作業に入る前にコピー用紙で絵本のダミーを作り、そこでページの割り振りを計算する。

その作業を賢人は滞《とどこお》りなく終えた。

仕上がりを柔らかい印象にするべく、やや表面のざらついた特殊紙を棚から引っ張り出し、折りたたんだ時に正方形になるように端を切り落としていく。文庫よりもひと回り大きい程度のサイズである。

画材は水彩絵の具と水彩色鉛筆。

主人公は子熊《こぐま》にした。

自分をそれに置き換え、小学校の頃の体験を平易《へいい》な文章で綴っていく。

その中に少しだけ手を加えた。

『おともだちと　なにか　あったのではないの？』

と心配する母熊に、

『なんでもないよ』

と答え、本当はいない友達と遊びに行くフリをする。そんな小熊を、母熊が内心やきもきしながら見送る——そういった場面をつけ加えた。

どうか気づいて。

あなたを大切に思っている人は、あなたが困っていることを知っている。頼ってもらえないことで、かえって不安を感じているにちがいないから。

だから本当のことを言ってあげて。

自分のためではなく、大切な人のために、ほんの少しだけ勇気を出して。

そんなメッセージを込めて話をしめくくる——。


「ふぅん、そういうことか」

翌日の午後。二階から下りてアトリエの前を通りがかった馨は、作業台の上に並んでいた絵を目にして中に入った。

まだ製本前のため、ページが飛び飛びになっているにもかかわらず、彼はざっと文章を追っただけでおおよそのことを理解したようだ。

賢人はレジから首をのばして言う。

「絵本にして彩ちゃんにプレゼントするつもりです。ミカンが記憶を食べてしまったことへのお返しとして」

「いいんじゃないか」

馨が背中で答えた。

そのまましばらくたっても出てこないため、ふたたび様子をのぞいてみたところ、彼は一枚の絵をじっと眺めているようだった。

母熊と子熊が向かい合って会話している場面を。

「先輩？」

声をかけると、彼は何事もなかったかのようにこちらに向かってくる。

「これ商業作品にすれば売れるんじゃないか？」

「だめですよ。彩ちゃんのために作ったものですから」

返品する本を抱えて運びながら苦笑して返す。すれちがった後で、そういえば馨は家族の話を一度もしたことがないな、と気づいた。

（ひいお祖父さんの話はよく聞くんだけど……）

段ボールに本を収め、もう一往復するためにレジに戻ってきたところで、そこにいたミカンと目が合う。――とたん。

意識の中を、何かが風のように通り過ぎていく。

（あ、やられた……っ）

そう思った時には、賢人はママレード書店のアトリエにいた。

正確には、アトリエに改装するために工事中の厨房のようだ。

『なに、ここ使うの？　この間は倉庫にするって言ってたのに』

がらんとした空間に響く声には聞き覚えがある。たぶん美紅だ。

（てことは、これは彼女の記憶……？）

これまでよりも少し余裕を持って事態を受け止める賢人の――いや、美紅の目の前で、背の高い影が「あぁ」と背中を向けたまま答えた。

『ちょっとな。必要になったんだ』

（あ、先輩だ）

自分ではない人間の目から彼を見るのは、なんともおかしな気分である。

『何が必要になったの？』

問いに、馨はわずかに振り向き、肩越しの笑みをよこした。

『アトリエ』

＊

折しもその日、当の美紅が店に来襲《らいしゅう》した。

「トイレ貸して！」

けたたましくドアを開けた後、美少女に不似合いな言葉を発した彼女は、勝手にレジ奥へと飛び込んでくる。

しばらくすると、アトリエの入口で「わぁ……っ」とはしゃぐ声が聞こえた。

「すごい、これあんたが描いたのー？」

「坂下《さかした》です。――坂下賢人」

「賢人ね。二十四歳、独身、彼女なし？」

「何で知ってるんですか⁉」

「いかにもそんな顔してる」

きっぱりとした指摘に、つい手で顔を押さえてしまう。と、美紅がブッと噴き出した。

「馨の二コ下なんでしょ？　それだけは聞いたことあるから」

けたけたと笑われ、ハッとする。からかわれたのだ。年下の女の子に。

「――……」

釈然としない思いをかみしめていると、彼女は作業台の上に並べられた絵に目をやった。

「やさしい絵。文字も絵の雰囲気にぴったりで……いいねー、これ」

そう言いながら、乾かしていた絵を一枚手に取り、しげしげと眺める。

（意外にいい子じゃないか）

たった今抱いた反発は跡形もなく消え去り、賢人はあっけなく気を良くした。

ひとりで照れるこちらを、彼女はまじまじと見上げてくる。

「なるほどー」

「え、なに？」

「んー」

賢人とアトリエとを見比べながら、美紅は可愛らしく小首をかしげた。

「倉庫にするって言ってた場所を、わざわざこんなふうに改装した理由がなんとなくわかったなーって」

「理由？」

「つまり、馨が自分の周りをお気に入りのもので固めるために必要だったのよ」

「はぁ……」

言われずともこの書店に、彼の好きなものやこだわりが詰まっていることは知っている。

雰囲気のあるレトロな売り場、まばらに人のいる店内、静かな閲覧コーナー、やや偏《かたよ》った本のそろえ方、専門的あるいは同じ趣味の客、そして——

「……そうか！」

ひらめいた。

おそらく彼にとっての賢人の担当は、他の店にはないアートでクリエイティブなサービスだろう。

（そういえば――……）

いつだったか見た、自分が絵本作りをしていたあの白昼夢は、つまり馨の記憶だったのだ。

（一度そんなことがあったもんな。たしか……先輩と何年かぶりに会った日――）

曾祖父《そうそふ》の店を継ぐため帰国したばかりの頃、馨が前触れもなく、ふらりと賢人を訪ねてきたことがあった。

その時はまだ、店を本屋に改装中と話していただけだった。次に会った際、完成した店舗にはアトリエもあるから、せっかくなら何かに使いたいと言い出したため、「それなら製本サービスは？」と賢人が提案したのだ。

それがきっかけとなって、あれよあれよという間にバイトの話がまとまった。

（懐かしいなー。覚えててくれたのか……）

と思い返しつつ、どこか腑《ふ》に落ちないものを感じる。

（ちょっと待て。なんか時系列がおかしくないか？）

自分の記憶と、先ほど白昼夢で見た美紅の記憶との間に齟齬《そご》がある、ような――

しかし違和感を追いかけようとした、その時。

チリンチリン！　と、店のドアについた真鍮のベルが来客を告げる。

「いらっしゃいませー」

ふとした賢人の疑念は、せわしない日常にかき消され、どこへともなく散ったのだった。


彩に絵本を渡した翌日は、午後から雨が降り出した。

ママレード書店は外に陳列している商品がないため、雨の日でも別段困ることはないが、人が出入りする入口付近の平積み台のみ、少し中の方へと動かすようにしている。

一度本を別の場所に移し、台を移動させてからまた平積みする作業の最中、チリンチリン、と響く涼やかな音に入口を振り向いた賢人は、そこにいる小さな人影を目にして、接客用ではない笑顔を浮かべた。

「いらっしゃい、彩ちゃん」

「賢人お兄さん、あの、これ……」

長靴をはき、レインコートを着た彼女は、賢人のもとまで来るなり、コートの前を開けて抱えていた何かを取り出す。

ビニール袋でしっかりと包まれたそれは、前日に賢人が渡した手作りの絵本だった。

何だろう、と思っていると、彼女はそれをこちらに差し出してくる。

「もらったけど、返す」

「え――」

予想外の反応に目を丸くしてしまった。

感想は人それぞれ。頭ではわかっていても、やはり表現者として、読み手に受け入れられなかったのだとすれば、それなりに気になってしまう。

「……好きじゃなかった？」

おそるおそる訊ねると、彼女は「うぅん」と首を横に振った。

「この本を読みたい人、わたしの他にもいるはずだから」

ビニール袋に幾重にも包んだ絵本を高く掲《かか》げ、彼女は賢人に向けて訴えてきた。

「あのね、子熊さんみたいな子、たくさんいるの。そういう子みんなが読めればいいなって思って。だからこれは、このお店に置いて」

（――……）

小さな女の子の、まっすぐな言葉に胸を打たれる。

「わかった。……じゃあそうする。彩ちゃんは優しいね」

人を思いやる心を素直にほめると、彼女はくすぐったそうに小さくほほ笑んだ。その眼《まな》差《ざ》しからはまだ悲しみの影が消えてはいないけれども。

でも——

賢人に絵本を渡した後、店を出るためにに全身で押すようにしてドアを開けた彩は、出る直前にこちらを振り向いた。

「勇気出すよ」

「ん?」

「言うのと、言わないのと、どっちがお母さんを心配させるか考えれば、子熊さんも、そのうちきっと勇気を出すと思う!」

雨の音に負けないくらい声を張り上げた彼女は、うなずくこちらを見届けて、チリンチリン……とドアベルの鳴る中を走り去る。

レジに戻った賢人が絵本をビニール袋から取り出すと、雨の飛沫《しぶき》が飛んだのか、身震いをしたミカンが「ヌー」と鳴いた。

*

その日から彩はぱったりと姿を見せなくなった。

どうしたかなと気になるものの、来ないということは、母親から隠れて時間をつぶす必要がなくなったのだろう。それはきっと彼女にとって良いことだ。

ついつい気にしてしまう自分を、そんなふうになだめる。

もう彼女に会うことはないのだろうか――そんなふうに考えていた、ある日。

賢人は意外な形で彩の様子を知ることになった。

「ご近所の方が、お孫さんの写真をまとめた手作りのアルバムを見せてくださって、それが本当にすてきだったからどこで作ったのか訊いたら、このお店だって……」

訪ねてきた四十歳前後の女性は、ほがらかな口調で言った。礼を言いながら、賢人はこの女性をどこかで見たと首をひねる。しかしどこで見たのか、どうしても思い出せない。

「アルバムですか。いくつかお作りしているのですが、どういったものをご覧になったのでしょう?」

「こう……ジグザグの形をしたもので、リビングに飾ってらしたんですよ」

「あぁ、アコーディオン型のものですね」

「うちの義父母にも同じものを贈りたいと思って」

女性は注文すると決めていたようで、すでに写真のデータが入ったUSBを持参していた。

そのまま打ち合わせに入り、ざっと内容や枚数を確認しようと、レジの内側にあるパソコンでファイルを開いた賢人は、そこで声を上げそうになる。

(彩ちゃん――)

十五枚の写真は、すべて彩を写したものだった。その瞬間、目の前の女性をどこで見たのか思い出す。彩の白昼夢の中だ。

写真は日付からして、すべて最近のものだった。

カメラに向けられた明るい笑顔を、ホッとする思いで見つめる。

「お嬢さん、楽しそうですね」

賢人の言葉に、幻の中でひどく不安そうな顔をしていた女性は、穏やかに笑ってうなずいた。

「少し前まで学校でいやなことがあったみたいなんですよ。でも新しく習い事を始めたら他の学校のお友達ができて、すっかり元気になって。今はとても楽しそうにやってます。うちの義父と義母にも、この子の写真をぜひ贈ってあげたくて……」

「――かしこまりました。心を込めてお作りします」

賢人は力強く応じる。

彩とよく似た女性は、その返事にうれしそうなほほ笑みを見せた。

彼女と彼女の波乱

Daydreams
in the Marmalade
Bookstore

街を照らす初夏の日差しがまぶしい水曜日の午後。

例によって例のごとく、ぽつりぽつりと客足が途絶えないながらも、決して繁盛はしないママレード書店の店内はしごく落ち着いた雰囲気だった。

明治の時代に建てられたという洋館を改装した売り場に、ごく低いジャズのＢＧＭがゆったりと流れている。

今日は天気に恵まれているので、元町《もとまち》のショッピングストリートは、買い物に出てきた地元の人々と観光客でさぞかしにぎわっていることだろう。しかしその喧噪《けんそう》も、通りをふたつほど隔《へだ》てたここまでは届かない。

やらなければならない日常業務をすませ、客の少ないレジで時間を持てあました賢人《けんと》は、奥のアトリエから画材と工作道具を持ってきてポップ作りに励んでいた。

ポップとは、販売促進のために店員がオススメする形で本の傍《そば》に置くメッセージカードである。店員が選んだ本に添えられる、いわば現場の人間による品質——もとい、おもしろさ証明書だ。

その形は作り手によって様々であるが、賢人はいつも絵本作家としての特技を活《い》かし、本のタイトルやオススメコメントだけでなく、イラストを添えるなど工夫を凝《こ》らしていた。

今回は輪郭《りんかく》を、吹き出し型と呼ばれる曲線を重ねた雲のような形にしようと、愛用のトーンカッターで厚みのあるケント紙の余白をゆっくりと切り落としていく。

「————……」

あと五センチのところで一度カッターの刃を止めた。あと少しという、この瞬間が危ない。先を急ぐあまり、刃の動きがつい雑になってしまいがちになるのだ。

最後の一瞬までいかに集中を保つか。それは自分との闘いだった。

深呼吸をし、指先でカッターの角度をほんのわずかに変える。

紙をなめらかな曲線の形に切るのであれば、このトーンカッターに勝るものはない。本来は漫画家がスクリーントーンという、シール状のシートを切るために使うものだが、通常のカッターに比べて刃先が細く、適度な重みによる安定感があり、かつ柄《え》の部分がボールペンのような棒状になっているため、指先での角度の微調整が容易なのだ。

あと三センチ、……二センチ、……一センチ……————

「賢人」

「————……!?」

この上なく集中していたところで背後から肩をぽんとたたかれ、驚きにびくりと飛び上がる。

はずみで手をすべらせ落としてしまったトーンカッターが、たまたま足元にいた鋼《はがね》色の猫の目の前にドスッと音を立てて突き立った。

トーンカッターは重みがあるため、落とすと床に刺さる。

「あっ、ごめん、ミカン！　大丈夫だった？」

足元をのぞきこんで言うと、橙《だいだい》色の蝶《ちょう》ネクタイをつけた店主が、非難がましい眼差《まなざ》しで「ヌゥッ……」と鳴いた。

ブリティッシュショートヘアという種によく似た彼は、猫のように見えて、猫ではない。人の夢を食べて生きるという『貘《ばく》』ではないかと思われる。

この店のオーナーによると、彼は少なくとも七十年以上この洋館に住み着いているらしく、その間、一度も悪いことが起きていないとのことで、座敷童《ざしきわらし》のような家の守り神でもあるのかもしれないと大事にされている。よってミカンはこの店での雑役を免除され、日がな一日眠って過ごしていた。

どうせならその姿を客向けのマスコットにしてしまえというオーナーの意向により、彼の定席であるところのクッションは、レジ脇に置かれている。

身軽にカウンターに飛び乗ったミカンが、そこで身を丸めるのを見届けた後、肩をたたいてきた相手が、賢人の手元をひょいとのぞき込んできた。

「またポップか。えらい手が込んでるな」

「そりゃもう。……時間があり余ってますから」

本来、書店員とは大変忙しい仕事であるのだという。

商品の品出しから始まって棚の整理にレジ打ち、問い合わせへの対応、発注、返品作業……等々、終日めまぐるしい業務に追われると、ものの本には書かれている。

しかしここママレード書店での仕事はその限りではなかった。理由は単純。客の入りが少ないからである。また新刊や話題の本よりも、定番の商品であったり、オーナーの趣味を色濃く反映した作品をそろえているためとも思われる。マンガやファッション誌の取り扱いがないことで、何のための本屋だとお客さんに苦言を呈《てい》されたこともある。

一方で、他の店では売っていない本を見つけた、このラインナップは趣味がいい、と声をかけられることもたびたびあった。

総じて本の好きな人や、なんとなく時間のある人がやってくるばかりの店内は常に、混み合うことなく落ち着いている。よって賢人がポップを作る時間に困ることもなかった。

その静かな店内に、ふいに、チリンチリンと古風なドアベルの音が響《ひび》き渡る。

「いらっしゃいませー」

作業の手を止めて顔を上げると、外の日差しを反射するガラス張りのドアから、二十歳《はたち》前後の女性のお客さんが入店してくるところだった。

近くにある女子大の学生だろうか。パステルカラーのパフスリーブのTシャツに、真っ白なロングスカートという出で立ちが若々しい。長い髪は軽く茶色に染められ、ゆるいウェーブがかかっていた。

フェミニンでオシャレな印象の女の子である。

「あのー、表の看板を見たんですけど……」

「製本サービスをご希望ですか？」

「はい、本にしたい原稿があって──」

ママレード書店には、他の本屋にはない特徴が他にもうひとつある。それがこの製本サービスだった。

駆け出しとはいえ、プロの絵本作家でもある賢人が、お客さんの依頼を受けて一冊一冊手作業で希望にそった本を作るのだ。

女の子は、肩掛けカバンの中をごそごそとかきまわしながらレジに近づいてきた。

「あの、原稿がけっこう長いんですけど……大丈夫ですか？」

「長いというと？」

「えぇとですね……この本を、自分で日本語に翻訳《ほんやく》したんです。一冊まるごと。で、苦労したし、本の形にして残したいなーって思って……」

カバンの中から彼女が取り出したのは、ひと目で外国で出版されたものとわかる、厚みのあるペーパーバックの本だった。

受け取った賢人は、ぱらぱらとそれをめくり、ざっとページ数を確認する。

「実際のデータの分量を見てみないとわかりませんが、厚くなっても平気なら作れることは作れます。何冊ご入り用ですか？」

「……一冊でいいです。自分用だけで」

賢人の問いに、彼女は少し間を置いてから応じた。

「かしこまりました。じゃあ申込書に記入をお願いできますか」

レジ下の棚から出した用紙をカウンターに置くと、彼女はまず氏名欄に『片桐結愛　かたぎり　ゆあ』と書いた。

続いて原稿のタイトルの欄には、『ジョージアナ　デヴォンシャー公爵《こうしゃく》夫人』と記入する。ボールペンを走らせながら、彼女はちらりと目を上げた。

「この作品、映画化したんですけど、知ってます？」

「いいえ……」

首を振った賢人に、彼女はボールペンを動かしながら、それが十八世紀に実在したデヴォンシャー公爵夫人ジョージアナという女性の半生を描いた作品であることを説明する。

「映画が超おもしろかったんです！　だから原作の小説も読みたいなーって思ったのに、日本語訳が出版されてなかったんですよね。ちょうどその時大学のゼミで好きな英語の本を一冊翻訳するっていう課題が出たんで、ちょうどいいやって思って」

「すごいですね。こんなに長い話を……」

「いえ、本当におもしろいんですよこれ！　ヒロインのジョージアナは誰もがうらやむ身分で、誰よりもはなやかな暮らしをしてて、美貌《びぼう》もファッションも社交界の注目の的で――でも実際は子作りのストレスがすごくて、孤独で、何かと噂の的で……。あ、ごめんなさい、なんか語っちゃった」

弾む口調でおしゃべりをしていた彼女が、ふと口元に手を当ててあたりを見まわす。

しかし店内に人影は、彼女以外――正確に言えば、閲覧《えつらん》コーナーで今日も黙々とノートパソコンに向かう馨《かおる》と彼女以外に見当たらない。

賢人はペーパーバックの本を手に取り、再度ぱらぱらとページを繰《く》った。

「あいにく英語は読めませんが……、おもしろそうですね」

「わたし演劇やってるんで、こういうドラマティックな話が好きなんです」

「お芝居ですか」

「大学のサークル活動ですけどね」

からっと言いながら、彼女は自分のカバンの中をあさる。そして「あ……」とつぶやいた。

「……いけない。原稿の入ったＵＳＢ、忘れちゃったみたい。また近々持ってきます」

「かしこまりました」

「この、『本の体裁《ていさい》』って欄には何を書けばいいんですか？」

「どんな形で仕上げるかです。テキストの分量が多いものですと……」

言いながら、賢人はレジの下から商品見本を三つ取り出す。

「こういった形がお勧めです」

二冊はハードカバーの上製本で、背の部分のみ、丸みがあるか角張っているかの差がある。一冊は中身を綴《と》じただけの並《なみ》製本。いわゆるペーパーバックである。

ペーパーバックの方がより安価だと言うと、彼女は迷わずそれに決めた。

「でもむき出しだと、ちょっと雰囲気がなー。……普通の文庫みたいに、つるっとしたカバーをかけることってできますか？」

「並製本にクリアＰＰのカバー……ですね」

メモを取りながら、賢人は小さく笑う。

「雰囲気が大事というと……恋愛色の強い話とか？」

「や、仮にも公爵夫人の話なんだから、装丁があんまりそっけないのもなーって思って。内容は恋愛っていうより夫婦関係とか、あと――友情……かな」

そこで、結愛《ゆあ》の声音《こわね》がトーンを落とした。

「ジョージアナは親友に手ひどく裏切られるの……」

「へぇ、親友に……」

オウム返しに応じたところ、結愛はカウンターの上のペーパーバックを見下ろし、ふーっと長いため息をついた。

つい先ほどまで楽しそうに話していた顔が、急に憂《うれ》いを帯びる。

どうしたのだろう、雰囲気が変わった――と思った矢先、その瞳から突然ほろほろと涙がこぼれ落ちた。

（えぇっっ……!?）

賢人はうろたえた。ひどくうろたえた。

二十四年間生きてきた中で、目の前で女性に泣かれるのは初めてだ。

おろおろするばかりの賢人の前で、彼女もまたあわてたように手の甲《こう》でくり返し目をこする。

「ごっ、ごめんなさ……っ、わたっ、わたし――……っっ」

「ええと……」

とりあえずレジ前に立たせておくのは良くないだろうと、店の奥の閲覧コーナーの方へ案内した。

もちろんその端の席では、いつものように馨が難しい顔でノートパソコンとにらめっこをしていた。結愛に気づくと、さりげなくも好奇心をにじませた視線を向けてくる。

それをたしなめるように軽くにらみつけ、ひとまず結愛を椅子《いす》に座らせた。さらにレジに戻り、出版社のフェアの際に送られてきた、マンガのキャラの描かれたティッシュボックスを持ってくる。

「あの、これ……どうぞ」

「すみません……」

彼女は悄然《しょうぜん》と言い、ティッシュを数枚とって涙をぬぐった。

そしてこちらが訊《き》く前に、ぼそぼそと口を開く。それによると、彼女自身も最近親友を失ったばかりだということだった。

「……親友だと思ってたんです。美咲《みさき》っていって、中学の時からずっと同じ演劇部で、同じ大学に入って、一緒に今のサークルに入って……」

性格が良くて、趣味が似てて、お互い部活動に熱心で、何でも言い合える仲。彼女を疑ったことなんて一度もなかった——にもかかわらず、先週、結愛がつき合っている彼の部屋へ行ったところ、そこに美咲がいたのだという。

「……何かの誤解かも……」

おずおずと意見するも、彼女は大きく首を横に振る。

「本人が言ったの！　わたしに隠れて、よくふたりで会ってたって。その後で彼に訊いたら、彼も認めた——……っ」

思い出したのか、結愛はまた涙をあふれさせたようだったので、あわててティッシュボックスを差し出した。彼女はティッシュを何枚も取り、それで顔を覆《おお》い隠す。

「友達が自分の彼と浮気とか……、ドラマなんかではありふれた話だし、周りでも実際にそういうことあるし……、正直、人の話の時は『へぇー』としか思わなかったけど……、自分の身に起きるとすごいショックっていうか、なんか世界がひっくり返ったみたいな気分で……、あまりにひどすぎて……、もう誰も信じることができない——っ」

ティッシュに顔を埋《うず》めたまま、彼女は悲痛な声を張り上げた。

「友達だと思ってたのに……！」

「どうかしたの？」

「ケンカか？　それとも別れ話か？」

何とか結愛を落ち着かせて店から送り出すと、その間に店に来ていたらしい常連の年配の夫婦がふたり、そろって声をかけてくる。

「女の子を泣かせるなんて、隅《すみ》におけないわね～」

「とりあえず謝っておけ。こじらせると後が面倒だぞ」

興味津々《しんしん》の体《てい》で口をはさんでくる相手に、「僕じゃありません！」と苦笑いで返した。

無邪気な善意によって、なおも追及しようとするふたりの前から足早に歩き去り、閲覧コーナーに置いたままのティッシュボックスを回収しに行く。その際、ついでに隅の席で執筆中だった馨にも、そっと声をかけた。

「お騒がせしました……」

彼はくちびるの端をわずかに持ち上げて応じる。

「『ある公爵夫人の生涯』」

「はい？」

「その作品の映画のタイトルだよ。キーラ・ナイトレイが主演で、アカデミー賞の何かの部門で賞も取ってる。日本ではいまいち話題にならなかったみたいだが」

「見たことあるんですか？」

「あぁ」

馨は思い出すように、両手を重ねて顔の前に置き、眉間《みけん》につけてしばし考えた。

「たしか……主人公のジョージアナは公爵と結婚したものの、なかなか世継ぎの息子が得られずに苦悩するんだ――」

そんな中彼女は、暴力をふるう夫から逃げていたエリザベスを助け、客人として屋敷に迎え入れる。しかしエリザベスは、貞淑《ていしゅく》なジョージアナに想い人との不倫を勧める一方、その夫である公爵を誘惑し、またたく間に愛人の座におさまってしまう。それを知ったジョージアナは大きな衝撃を受け、傷つき、そして激怒する――。

「……なんかすごい話ですね」

実話を基にしているのだろうが、まるでどこかの昼メロのようだ。馨もうなずく。

「時代と場所が変わっても、人のやることは変わらないってことだな。……友達の彼氏彼女を取ったとか取られたとかも」

「そうは言っても、自分の身に起きるとつらいですよね、きっと……」

しみじみと結愛の感情を思いやって言うと、馨はノートパソコンのキーボードの上で指を走らせながら軽く返してきた。

「でもまぁ何かのネタになるかもしれないからメモ取った」

「……はい？」

「メモ取った」

「先輩！」

あっけにとられるこちらに、彼は悪びれることなく肩をすくめる。

「聞き耳立てたわけじゃない。聞こえてきたんだから、しょうがないだろ」

「そうは言っても……っ」

自分の欲求のためなら常識を忘れがちな相手に、ひと言もの申そうとしたその時、レジの方で「おーい、お会計頼むよー」とお客さんの呼ぶ声がした。

＊

翌日、開店前の準備を終えた賢人は早々とレジに入る。

「ま、そうすぐお客さん来たりしないんだけどね」

つぶやきは、がらんとした店内に響き渡った。この頃すっかり独り言が板についてしまって困る。

レジ脇で惰眠《だみん》を貪《むさぼ》るミカンをなでると、彼は寝床《ねどこ》から身を起こして「ヌー」とのびをした。その際、なんとはなし、催促《さいそく》されたようだったので、昼寝のせいで曲がってしまった橙色の蝶ネクタイの形を整えてやる。

蝶ネクタイは賢人が作ったものだ。店主としての威厳《いげん》と共に、親しみやすさを添えることができればと思い、つけてあげたところお気に召したようで、それ以降鏡の前を通るたびに一瞬足を止めるようになった。

「よし、直ったよ」

そう声をかけた瞬間。ミカンの目と視線が重なり、何かが頭の中を通り過ぎていく。

(あ――……)

と思った時には、賢人はどこかのマンションの一室にいた。

(またやられた……っ)

白昼夢《はくちゆうむ》である。今度は誰の記憶だろう?

間口のせまさからしてひとり暮らしの部屋のようだ。

記憶の主は、そこを勝手知ったる様子で歩いて行く。と、ふいにキッチンから出てきた大学生くらいのきれいな女の子と、ばったり鉢合わせた。

こちらを見て硬直した彼女は、はっきりとした二重の瞳を大きく見開いて青ざめ、やがて今にも泣きそうな顔でほほ笑む。

『……見つかってホッとした』

その印象的な言葉を聞いた矢先――、プルル……と店の電話が鳴る音に、ハッと我に返った。

（なんだ今の？）

記憶の主も、状況もよくわからないまま、賢人は受話器を取り上げる。

（ずいぶん意味深な場面だったな……）

軽く混乱する賢人を尻目に、ミカンはくわっとあくびをしてマイペースにクッションの上で身を丸めた。


その日の午後、書架《しょか》の間で作業をしていたところへ、結愛がふたたびやってきた。

「いらっしゃいませ」と軽く声をかける賢人に向けて、気まずそうに小さく頭を下げる。

「……先日はどうも」

「いえいえ」

さらりと流すと、彼女は書架に近づいてきて横に並んだ。

「ポップですか?」

「そうです」

できたてのポップを古いものと交換する作業の途中である。取り外した一枚を目にした結愛は「わぁ……」と声を上げる。

「なんかクオリティ高い……!」

「いえいえ」

いちおう謙遜《けんそん》で首を振りながら、内心はまんざらでもない思いでうなずいた。もともと手先は器用な方である。レイアウトにも、アオリにも、イラストにも、それなりに自信があった。

過去には自分の作ったポップの画像がお客さんによってSNSで紹介され、その画像を目にした著者本人がこの店舗まで見に来たこともある……等々、隠そうにも隠しきれないドヤ顔で語っていたところ、結愛が興奮を押し殺した声で袖《そで》を引っ張ってきた。

「ちょっ、え、だだだだれあのイケメン……!?」

見れば、二階から下りてきた馨が、レジを通り抜けて閲覧コーナーに向かうところだった。ゆったりとした足取りでこちらに向かってきた彼は、すれちがいざま結愛に向けて目だけで笑い、そっと会釈《えしゃく》をして通り過ぎる。

結愛はすれちがった後も振り返り、その背中を目で追った。

「あれは当書店オーナーの篠宮《しのみや》です。昨日もいましたけど」

「え？　気づかなかった。ヤバーイ……っ」

語尾にハートマークがついて聞こえますが、そのヤバイ人は昨日、あなたの話を小説のネタになるかもとメモ取っていたそうですよ。

心の中でそう告げ口しつつ、賢人は結愛をレジの方へとうながす。

他にも二、三人のお客さんがいたものの、静かに本を選んでいるだけのようだったので、少し声を落としてそのまま打ち合わせを始めた。

結愛は原稿のテキストデータの入ったUSBを渡し、そして自分で描いたというカバーのイメージ画を見せてくる。

「表紙にジョージアナの肖像画を置くことってできる？」

話を進めるうち彼女はすっかり打ち解け、口調も大学生らしいくだけたものになった。

「肖像画をこのくらいの大きさで真ん中に置いて、周りを凝った額縁《がくぶち》っぽくする感じで……」

「できます。僕が用意してもかまいませんけど、そちらでカバー用の画像を作っていただければデザイン料が浮きますよ」

「マジで？　なら自分でやる。楽しそう！　なんか手作りって感じ――」

明るく応じる声に、スマホのメールの着信音が重なる。とたん、彼女は飛びつくように
それをチェックする。しかし――

しばらくして、彼女は「はーっ」と重たげな息をついた。どうやら期待していた相手で
はなかったようだ。

「……サークルの仲間からだった」

「誰かから連絡がくる予定なんですか？」

「陸《りく》」

彼女は短く答えた。それは美咲と浮気したという彼氏の名前だ。

「連絡待ってるんだけど、くれなくて――」

嘆息《たんそく》する様子があまりにさみしげだったため、つい訊《たず》ねてしまう。

「陸さんって、どんな人なんですか？」

結愛はパッと顔を輝かせた。

「カッコいいよ！　カメラマン志望でー、今はプロに弟子《でし》入りしてアシスタントをしてる
の。いつもスタイリッシュで目立つし、話がおもしろくて、人気者で、モテるし――ホン
ト、なんでわたしとつき合ってくれてるのか、わからないくらいの……」

その言い方に、つい力を込めて返す。

「結愛さんはオシャレだし、かわいいし、十分ステキな女の子だと思いますよ」

思ったままの意見を言ったつもりだが、彼女はぽかんとした顔になった。

（あれ、なんか変なこと言った……？）

そう気づき、ひとりであわてていると、横から「あのぉ……」と、にょきっと本が差し出されてきた。

「お取り込み中……すまないんだけど……これ……」

所在なげにレジの前に立つおじいさんから、わたわたと本を受け取る。

「あっ、はい、お会計ですね！　すみません……っ」

おじいさんはお金を払った後、紙袋に包まれた商品を受け取りつつ、結愛と賢人を交互に眺めた。

「甘酸っぱいのぅ……」

目を細めてつぶやき、そして去っていく。

「いえ、ちがうんです……っ」

おじいさんの背中に向けて言い、そして結愛に向き直る。

「一般的に見て、そうだと思うっていう意見です」

賢人がフォローになっているような、いないようなことを言うと、結愛は、ふわふわと巻いた毛先をいじりながら、「どーも」と照れくさそうに返してきた。

しかしすぐに、ほろ苦く笑う。

「でも……わたし高校までは、すごいがさつキャラだったの。いるでしょ。冗談まじりに男子をひっぱたいちゃうみたいな、……あのタイプ」

「え……」

シフォン素材のシャツをさりげなく身にまとい、かわいらしくメイクをした姿は、まったくそんなふうには見えない。

言葉に詰まっていると、彼女は目を伏せた。

「いつも横に美咲がいたからね。……あの子は何もしなくても、そのままでびっくりするぐらい可愛《かわい》い子なの。わたしなんかが少しオシャレしたくらいじゃ全然かなわないし、そもそもみんな、比べようとも思わないだろうし」

それなら、その分キャラを立てた方がいいかと、結愛はいつも受けねらいなことばかりしていた。自分はさばさば系の盛り上げ役だと割り切り、スカートは制服以外持っていないことをネタにしていた。

おかげで男子の友達は多かったものの、恋愛対象に見られたことは一度もなかった。そして大学に入った後もそんな生活が続くことを疑っていなかった。

そんなある日、インカレのコンパで陸と出会った。

「陸はわたしに、『素材は悪くないじゃん』って言ってくれたの。時間と手間をかければ、わたしでも女の子としてキレイになれるって教えてくれた」

それからは何でも彼の言う通りにした。有名な美容師のいるサロンで髪を切り、人気のコスメをそろえ、ネットの動画を見て流行《はや》りのメイクを覚え、ダイエットのサプリを飲み、毎日のエクササイズを欠かさず続け、いつも桜色のネイルをして、雑誌で紹介されている服を身につけた。

中高生時代には、自分のキャラではないからと手をのばせないでいたことを、陸はからかうでもなく次々とうながしてきた。そしてひとつひとつをこなしていくうち、本当に自分が自分ではないみたいに変わっていくのがわかった。

その時初めて、自分にとって容姿がコンプレックスだったことに気づいた。

「それまでなるべく自分を見ないようにしていたせいかな。わたし、そのことに気づいてすらいなかったの。バカみたいでしょ」

結愛がくすくすと自分を笑う。そしてほんのりと頬《ほお》を染めた。

「無理しておもしろいキャラを演じることもなくなって、いろんなことに少しずつ自信がついて、素のままの自分でいられるようになった。全部、陸のおかげ」

「ステキな彼氏さんですね」

「ありがとう。陸はね、わたしのバイト代は全部オシャレのために使えって言うの。自分の彼女にはいつもキレイでいてほしいからって。――女の子がキレイでいるのは、すごくお金かかるんだよ」

　結愛はこぶしをにぎりしめて力説した。

　賢人ははぁ、とうなずく。たぶんそうだろうなと、想像はつく。

「でもそれだと、他のことが何もできないんじゃないですか？」

「んー。まぁ、どうせ陸はデートとかしたがらないから」

　彼女はけろりと応じた。

「陸は、みんなの前では元気だけど、ひとりになるといつも疲れてだるそうなの。どっか行きたいって言うと機嫌悪くなるから、会う時はいつも陸の家」

「え……」

「みんなに見せない顔を、わたしには見せてくれてたっていうかぁ」

　両手で頰をはさみ、彼女は照れまじりに笑う。が。

（それはまぁ……そうかもしれないけど――）

いつもキレイでいるためにバイト代をつぎ込むよう言っておきながら、デートをするのはめんどくさがるというのか。

他人事とはいえ、何だか腑《ふ》に落ちないものを感じた。

それだけではない。

結愛の話を聞いているうちに、違和感はますますふくらんでいった。

手料理を好む彼に言われて料理を覚え、ほぼ毎日彼の家に通ってふるまう。にもかかわらず、彼女がたまには外で食べたいと言っても疲れているからと応じない。彼女にはサークルの男友達と仲良くしないよう言いつける一方で、自分は仕事の一端だからといろんな女の人と連絡先を交換する。

ほんのりグチを含んだのろけ話からは、自分の希望は主張するわりに、彼女の希望を軽く聞き流す——そんな彼氏像が浮かび上がってきた。

ひとえに結愛の好意の上に成り立っている関係だ。相づちを打ちながら、賢人は「それでいいんですか？」という問いを何度も呑《の》み込む。

「でも美咲は最初から、わたしが陸とつき合うのが、あんまりうれしくなさそうだった。陸のこと、上から目線だとか決めつけて悪口言うから、ケンカになることもあったし……」

「美咲さんはそういう意見だったんですね」

批判的にならないよう、慎重に返す。結愛は小さくうなずいた。

「今考えると、美咲はあの頃から陸のことが好きだったのかなーって……。だからわたしが陸とつき合わないように仕向けてたのかも……」

わずかににじんだらしい涙を指先でぬぐいながら、彼女は「はーっ」と切なくため息をつく。

「なんでかなぁ？　美咲はキレイで、明るくて、ものすごくモテるのに、中学でも高校でも男の子にはまったく興味がなかったの。いつもお芝居のことしか頭になかったあの子が、めずらしく好きになったのが、どうしてわたしの彼だったのかなぁ？」

「美咲さんとはお話しされたんですか？」

立ち入ったことと思いつつ、つい訊いてしまう。ふたりの間には、何かねじれてしまったものがあるような気がしてならない。

しかし結愛はそっけなく首を振る。そして自分のスマホを冷たい眼差しで一瞥《いちべつ》した。

「美咲とは絶交したの。当然でしょ。電話もメールもぜんぶ着拒」

「彼氏とやらの、つき合ってやってる感がハンパない話だったな」

結愛が帰ってしばらくした頃、閉店の作業に取りかかったところで馨が声をかけてきた。

「また聞いてたんですか？」

「聞こえたんだよ」

（さては今日もメモ取ったな、この人――）

まったく……、と息をつきながら、表に出していた看板を店内に入れ、入口のドアに掛けているプレートを「Closed」にひっくり返して鍵をかける。

「本人が気にしてないみたいなので余計なことだとは思うんですけど、なんか首をかしげたくなるんですよね、彼女の話。――そうだ」

馨がレジ締めをしているカウンターに戻ったところで、賢人はふと思いついてアトリエに向かった。そこには店の会計管理や書籍情報の検索、それに製本作業に使うためのパソコンが置かれているのだ。

その検索画面を開き、結愛と美咲が所属しているという大学の演劇サークルの名前を入力する。

「あった……」

そのサークルは外部向けのホームページを開設していた。トップ画像には舞台の写真が掲載されている。奇抜な衣装ですぐにはそれとわからなかったものの、結愛の姿もあった。

そして――

「やっぱり……」

先日の白昼夢の中で目にした、しっとりとした印象の美人が、舞台の前方中央――一番目立つところにいる。彼女が美咲だろう。

つまりあの白昼夢は結愛の記憶――おそらく彼の家に行き、そこで美咲と鉢合わせた瞬間だったのではないか。

見当がついてすっきりしたところで、ホームページ内に稽古《けいこ》風景を紹介するコーナーがあることに気がついた。そのページを開いてみると、動画がいくつか掲載されていたため、ためしに一番最近アップされたものを再生してみる。

固定カメラで撮ったものと思われるそれは、即興劇の練習のようだった。

ひとりが二、三分の持ち時間内で、与えられたお題にそって芝居をする。終わると別の相手を指名し、新しいお題を出す……。

賢人は門外漢《もんがいかん》であるためよくわからないが、みんな非常にレベルが高いように感じた。

しばらく見ているうちに結愛が指名される。お題は『初めてつき合った人』。周囲から冷やかすような声が上がる中、彼女は輪になって座るメンバーの真ん中に進み出た。

『それでは、わたしの初めての彼氏について話しましょう』

芸人が観客の前で口上を述《の》べる体で、彼女は周囲を見渡し、身ぶり手振りを交じえ朗々《ろうろう》と話し始める。

『中学、高校と、わたしは恋愛とは無縁でした。可愛くするのは自分には似合わないと思って、あえてがさつに振る舞っているところもありました。それまでに、いいなと思う男の子に女扱いされなかったり、勇気を出して告白しても迷惑がられたりしたことがあり、すっかり臆病《おくびょう》になってしまっていたのです』

そこでいったん言葉を切り、彼女はまっすぐにカメラの方を見据《みす》えてきた。

『例えばこんなことがありました。中学生の頃、わたしがひそかに片想いしていた男の子が、わたしの親友に、彼女が好きだと公言していたお店のクッキーを渡そうとしました。けれど親友は「そういうことしないでって言ったでしょ」と困ったように首を振り、「いらない」と言って去ってしまいました。その後で男の子は、たまたま居合わせてしまったわたしに気づき、クッキーを押しつけてきて言いました。「あげる。頼む、食っちゃって」

……そしてわたしの返事を聞かずに行ってしまいました。

恋愛において、わたしはいつもそういうポジションにいたのです。主役の友人という大事な役どころ。けれど決して主役になることはできませんでした。

手に入らないのであれば、恋なんか最初からいらない。興味もない。ずっとそう振る舞っていましたが、それでもある時、そんなわたしを見つけてくれる人が現れました。

彼は人気のある、目立つタイプの人でした。にもかかわらずわたしに目を留め、「素材は悪くない」と言って、キレイになる方法を教えてくれたのです。するとどうでしょう。今までわたしに見向きもしなかった男の子達が、何かと気を遣ってくれるようになりました。それだけではありません。オシャレな子として扱われることが自信となり、わたしの気持ちを大きく前向きに変えてくれました。

その人は、長いこと漠然《ばくぜん》としたコンプレックスに覆われていたわたしの世界を、またたく間に一変させてしまったのです。そしてわたしを好きだと言ってくれました。

わたしはその人に夢中になりました。正直、周りの友達から彼の言動や、つき合い方がおかしいと言われたこともあります。それでもわたしにとって彼は唯一の、かけがえのない、大事な人だったのです――』

結愛が言葉を切った時、周囲のメンバーは、シン……と静まりかえっていた。

カメラに向けて強く訴える眼差しと、真に迫った感情表現。波のように後から後から押し寄せる言葉――あまりの迫真の演技に、みんな気圧《けお》されてしまったようだ。しかしすぐに大きな拍手が起きる。

パソコンのこちら側で見ていただけの賢人も息をついた。そして、息を止めて見入ってしまっていたことに気づく。

「すごい……」

背後で、やはりそれを目にしていた馨が言った。

「みんなの前で話すなんて、けっこうイイ性格してるな。この子」

「そういうお題でしたから……」

「ていうかこれ、絶対カメラの後ろにいるだろ」

「え？」

「美咲って子」

「――――……」

馨の指摘に、その光景を想像する。

「恐《こわ》い……。女の子、恐い……っ」

賢人の前ではあんなに屈託なく笑うのに。

静止した動画の中で、カメラを見据える結愛の眼差しが強く胸を射貫《いぬ》いた。

＊

古い建物の常として、この書店の照明の光量はやや控えめである。

好天の日ともなると、入口のガラス張りのドアは、日当たりのいい通りの景色を切り取ったかのように、そこだけまばゆく浮かび上がる。

「絆創膏《ばんそうこう》ちょうだい！」

翌日。そのドアが勢いよく開き、生気に満ちた高い声が静かな店内に響き渡った。

初夏の風をまとって現れたのは、馨の親戚《しんせき》にして近くの女子大に通う学生、美紅《みく》である。

レジまで来るなり、馨との血のつながりを感じさせる端整な顔をしかめ、自《みずか》らのつま先にふれた。

「新しいサンダルはいてたら靴ずれしちゃってさー」

「どうぞ」

エプロンのポケットから絆創膏を出して渡すと、彼女はただでさえ大きな瞳を丸くする。

「早っ！」

「本屋で働いていると、よく紙で手を切るんで、たくさん常備してます」

やや得意げな気分でエプロンのポケットをたたいた後、レジ脇で寝ていたミカンの目の前に一枚落ちていることに気がついた。取り出す時にこぼれたのだろう。

拾おうと手をのばしたところ、思いがけず素早く動いたミカンの前足が、ぺしっとそれを押さえる。

「え？　あ……」

目が合った――その瞬間、すぅっと何かが頭の中を通り過ぎる感覚に、それが起きたことを察した。

気がつけば知らない場所にいて、昨日、演劇サークルのホームページ上で目にした若い女性を目の前にしている。

（……美咲さん――）

彼女ははっきりした二重の瞳にわずかな非難を込め、こちらを見つめていた。

『結愛はもう十分キレイなのに、最近話すことっていったらそればっかり。なんかおかしいよ？』

『美咲にはわかんないよ』

応じたのは結愛の声だ。しかし彼女の姿は見えない。ということは、これは彼女の視点なのだろう。

美咲は小首をかしげ、そっとうながしてきた。

『少し陸と距離を置いてみたら？』

『やめて』

『……わたし、あの人好きじゃない』

『やめてってば！　わたしには何言ってもいいけど、陸のことは悪く言わないで！』

『────……』

結愛の答えには、苛立《いらだ》ちが強くにじんでいた。まるで自分が彼女と相対しているかのように息を詰まらせていると、どこからともなく「んー」という、のんきな声が聞こえてくる。

「顔立ちは悪くないのよね」

ハッと我に返ると、びっくりするほどきれいな小作りの顔が、間近からのぞきこんできていた。

「むしろパーツパーツはけっこういい線いってるのに、全体として見るとどうしてこう冴《さ》えない感じになっちゃうかな。眼鏡？　眼鏡のせい？」

勝手なつぶやきと共に、かけていた眼鏡をひょいと取り上げられる。

「あ、ちょっと──それ伊達《だて》眼鏡じゃないんですよ……っ」

「んー……」

取り戻そうとのばした手をかいくぐり、彼女は少しだけ距離を取ってじっと見上げてきた。

「取るとさらに地味になるわね。つけといた方がいいわ」

「言われなくてもつけます。ないと見えませんから！」

眼鏡を奪い返してかけると、少女はくすくすと笑う。

「また白昼夢を見たの？　賢人はいいヤツだから狙《ねら》われんのよ」

「え？」

意味がわからずにいると、彼女はクッションの上で昼寝する鋼色の猫に目をやった。

「ミカンだって記憶を吐き出す相手を選んでる。悪用するような人間には絶対にやらないんだから」

「へぇ……そうなんですか」

そう言われても、喜んでいいのかどうかは微妙である。

頭をかいていると美紅の視線を感じた。彼女は意味ありげな笑みを浮かべ、こちらを見上げている。

「賢人。今つき合ってる人は？」

「……いませんけど……」

「よし」

ふがいない返答に、彼女は目だけで笑う。

自分の魅力をよく理解している。そして効果的な使い方を心得ている。――からかいまじりのその顔は、馨とよく似ていた。


「これがねー、外国の本の上に古いから、ネットのショッピングサイトだと電子書籍でしか売ってないって書かれてるんだけど、どうしても紙の本で欲しいの。どうにかならないかしらー?」

雑誌の切り抜きをカウンターに置いて、すがるように訊ねてくるのは、最近顔を見せるようになった、六十歳前後の絵本ファンの女性だった。どうやらかなりの資産家の奥様らしく、毎回買い物の際に値段にかまわず買い込んでゆく大事なお客さんである。

賢人はにこやかにうなずいて応じた。

「はい、もしご希望でしたら、こちらで現地の出版社に問い合わせて、もし在庫があればお取り寄せするサービスがありますが……」

「本当に!? じゃあそれでぜひお願いするわ!」

女性が、腕に抱いていたチャウチャウ犬の頭をなでながらうれしそうな笑みを浮かべる。ちなみに当のチャウチャウ犬は、レジ脇で寝そべるミカンとのガンの飛ばし合いに余念がない様子だった。

その時、入口でチリンチリン、と真鍮《しんちゅう》のベルが鳴る。

「いらっしゃいませー」

反射的に振り返った賢人は、ガラス張りのドアを開けた人影を目にして、とっさに「あ……」と出かかった声を呑み込んだ。

（美咲さん……っ）

ストレートの長い黒髪に、ほとんどメイクしていないにもかかわらず、はっきりとした面差《おもざ》し。

白昼夢で二度ほど目にした彼女は、足のくるぶしまであるキャミソールワンピースの裾《すそ》をひるがえしながら、ゆっくりとした足取りで店内に入ってきた。

そのまま、サンダルのヒールの音をかすかに響かせてフロアを歩く。書架の間をのぞき、何かを探している様子であった。

その姿を、チャウチャウ犬とにらみ合っていたはずのミカンが目で追っている。

（んー、これは――……）

だんだんわかってきた。

蝶ネクタイの店主は、こうして店に来るお客さんにあらかじめ目をつけておくようだ。そして夜になって夢を狩りに出かけるのだろう。

絵本ファンのお客さんがご機嫌で去っていった後、作業をしながらさりげなく注視していると、美咲は書架の前で何冊かの本を手に取り、それぞれ少しずつ立ち読みしていた。そうして一時間ほど経過した後、腕時計を見てため息をつく。

やがてハードカバーの単行本を二冊、レジに持ってきた。どちらも有名な劇作家の著作である。

「二点で合計三千二百円になります」

こちらの声に、彼女は財布を開いてお金を出した。その目が、レジの中の一点でふと止まる。

「それ……」

視線の先にあったのは、昨夜完成したばかりの結愛の本だった。タイトルのところに大きく『ジョージアナ』と書かれ、その下に、肖像画とともに、ひとまわり小さい文字で『デヴォンシャー公爵夫人』とついている。

じっとそれを見つめた美咲は、ややあって訊ねてきた。

「……それ、片桐《かたぎり》結愛の注文した本ですか？」

「え、――」

知り合いだと、結愛の記憶から把握《はあく》してはいるものの、やはり個人情報のため軽々しく教えることはできない。と、その逡巡《しゅんじゅん》を察したらしく、彼女はあわてたように首を振った。

「あ、……いいです。すみません、変なこと訊いて」

賢人は「いえ」と答え、そして二冊の本を袋に入れてテープで留める。その間に彼女はふたたび口を開いた。

「……この作品、映画で見ました。すごくおもしろいですよね」

「そうですね。僕も製本ついでに読みました。ちょっとだけのつもりが、結局最後まで止まらなくて……。とてもおもしろかったです」

「でも普通はあり得ませんよね」

「え？」

「ジョージアナは、親友のエリザベスにひどく裏切られたのに、ふたりはその後も友情を貫《つらぬ》くじゃないですか。実話なわけだし、彼女達は本当に生涯友達だったのかもしれないけど、……普通はなかなかそうはいかないでしょ」

「――……」

結愛と美咲の事情を知らなければ、当たり障りなく応じたかもしれない。しかし図らずも知ってしまった今、言外に込められた気持ちを感じてしまう。

結愛との関係を取り戻したい――そんな、儚《はかな》い気持ちを。

ひどくショックを受けた様子だった結愛の気持ちを考えると、自分が口をはさむのは余計なことかもしれない。それでも賢人は、本を入れた袋を渡しながら、控えめに言った。

「裏切りはありましたけど、でもエリザベスがジョージアナを思う気持ちに嘘《うそ》はありませんでした。裏切り以外のところで、エリザベスはいつもジョージアナに忠実でした。だからではないでしょうか」

「……そう、ね……」

「人の気持ちは伝わるものです。真摯《しんし》な感情は、理屈も言葉も超えますから」

美咲はその言葉に、すがりつくような面持ちでうなずいた。しかし少し考えるそぶりを見せた後、小さな声で返してくる。

「伝えることができない時は、どうすればいいんでしょう。――どうしても話さなきゃならないことがあるのに……」

悄然とつぶやき、そして彼女はハッと口元を手で押さえる。

「あ、すみません……っ。さっきから変なことばっかり――」

早口でそれだけ言い、そそくさと店を後にする。

ドアベルを鳴らして去っていった、ほっそりとした背中が見えなくなってから、賢人は彼女が結愛に会うためにここに来たのではないかという可能性に気づいた。

＊

前日のミカンの様子から薄々予想はしていたものの。

翌日、賢人は鋼色の猫と目が合った瞬間、またしても人の記憶が流れ込んでくるのを感じた。

倉庫――いや、スタジオだろうか。生活感のない殺風景な部屋で、小洒落《こじゃれ》た格好をした大学生くらいの青年が、夢中になってこちらの写真を撮っていた。

自分は――というかこの記憶の持ち主である人物は、フローリングの床に座っている。シーツのようなものを一枚身体《からだ》にかけただけで、足を横に投げ出して座っている。

撮影する青年は立ったまま、こちらの周りをせわしなく歩き、頭上で途切れることなくシャッター音を響かせていた。

何枚も何枚も、際限なく。

肌も露《あらわ》な肩や背中、脚《あし》にカメラを向け、のめり込むように、ひたすら無言でシャッターボタンを押し続ける青年の様子は、どう見ても普通ではない。

彼は被写体に好意を――それも執着と言ってもいいほどの感情を抱いているようだ。

その時、被写体が少し顔を動かした。と、壁にかけられた鏡が視界に入ってくる。

(美咲さん……)

そこに映った美しい顔は、お世辞にも楽しそうには見えない。

それどころかひどく憂いを帯びて見えた――。


プルルルル……と鳴り始めた電話の呼び出し音にハッとする。

あわてて受話器に手をのばすが、どうやらファックスだったようで、自動的に受信を始めた。ミカンが、トン、と軽い音を立てて床に飛び降り、そのままどこかへ去っていく。

レジの内側でホッと息をついてから、賢人は記憶に残る美咲の沈んだ顔をもう一度思い返した。

(なんであんな顔をしてたんだろう……?)

結愛の彼と、ひそかに会っている自責の念だろうか。しかし相手のことが好きなら、もう少しちがう表情を見せてもよさそうなものだ。

何かがおかしい、と違和感を覚える。

結愛が言うように、美咲は陸のことが好きなのだろうか。

そもそも、本当に美咲は結愛を裏切っていたのだろうか？

（僕が気にするようなことじゃないんだけど、でも——……）

最初に見た結愛の記憶が、どうしても気になってしまう。

『……見つかってホッとした』という美咲の反応を、今結愛は忘れてしまっているはずだ。

そのままにしておいていいものだろうか。

（いや、よくない——）

ミカンが夢ごと食べてしまった、美咲のあの言葉を、結愛に返さなければ。

（とすると、方法はやっぱりアレしかないな——……）

絵本を作ろう、と賢人は考えた。

誰も来ないレジの中で無心にカバーを折りながら、ストーリーのネタを探す。やがて結愛の経験とは比べものにならないものの、自分が過去に友達とトラブルになった時のことを思い出した。

中学生の頃の話だ。ある日、陰《かげ》で自分について悪く話す友達の言葉を耳にした。

友達だと思っていた相手の本音にショックを受け、また「そんなにいやならつき合わなきゃいいのに」と腹立たしくもあった。

それからしばらく相手を避けて過ごしていると、どこからか賢人が怒っていることが伝わったようで、相手は何度か話しかけてこようとした。が、そのたびに気づかないフリをしてやり過ごした。

楽しかった学校生活に陰鬱《いんうつ》な染みができた気分になり、それもまた納得がいかなかった。なぜ相手のせいで、自分がいやな思いをしなければならないのか。

しかしそう訴えた賢人を、当時高等部にいた馨は笑った。

『世の中、反省も謝罪もしないヤツの方が多いんだから、悪いと思ってるだけマシじゃないか』

こともなげに言い、彼はまるで賢人に非があるかのように、たしなめてきた。

『引きずるほどのことでもないだろ。謝らせてやれよ』

(聞いた時は、心外だったな――……)

その時のことを思い出して、くすりと笑う。

当時の自分は、慕っていた馨に味方をしてもらえなかったことに失望した。けれど上下関係の厳しかった母校では、先輩の言うことに逆らうなどそうそうできない。

結局その後、件《くだん》の友達が話しかけてきた際に、仕方なく応じた。相手は『ウケねらいだった、悪気はなかった、本当はあんなふうには思ってない』と弁解をしてきた。

言いたいことは色々とあった。目の前の友達に対してではない。馨に対してだ。

どんなに相手が後悔したとしても、それを耳にした時の自分の痛みをなかったことにはできない。にもかかわらず、許されたいと言う相手にうなずかなければならないのか。

それでは、やったもん勝ちではないか――。

心の内ではそう悶々《もんもん》としつつも、謝る相手を前にしては許すしかなかった。

釈然としない思いながらも一件を水に流し――しかし後になって、その方が自分にとっても楽だと知った。

しごく単純な話だが、自分の中に巣くっていた怒りとも悲しみともつかない感情が消えたことで、非常にすっきりとした気分になれたのだ。陰鬱な染みも、気がついた時には消えていた。そういうことなのだ。

（これは僕の意見だ。押しつけるつもりはないけど……でも、伝えるだけ伝えたい――）

つらつらとストーリーを考え、お店を閉めた後にアトリエへ向かう。そしてページ配分まで考えておいた話を、直接ケント紙の上に起こしていった。

主人公ははぐれ者の魔法使いである。

ひとりぼっちの彼は、さみしさから魔法を使って見知らぬ人の心を操り、自分を友達だと思い込ませる。でもある時、ひょんなことから魔法が解け、みんなに真実を知られてしまう。

驚き怒る人々に、魔法使いはしょんぼりと言う。

『見つかって、ホッとした』

本当は、このままではいけないと思っていた。ずっと本当のことを言いたかった。

でも友達を失ってしまうかもしれないと思うと、どうしても言い出せなかった。

そう打ち明ける場面を、見開きで印象的に見せる。

言い訳など聞きたくない。聞いたって、自分が傷ついた事実は変わらない。

それは確かだけれど、でも相手はとても後悔しており、許しを――この先も友達でいることを求めている。

『見つかってホッとした』というのは、罪悪感を持ち続けていた人間のセリフである。それを見ないフリして、すべてを終わらせてしまっていいのだろうか？

何年間もずっと大切な友達だった、その相手を、話も聞かないまま切り捨ててしまうのか――。

そんな問いかけを込めた内容にする。勢いにまかせて絵を描き上げ、彩色まで終えた。

乾いた本文の紙を折って重ね、背を固めながら、結愛が翻訳した公爵夫人の伝記を思い出した。

ジョージアナは後になって、親友であったエリザベスの裏切りに、やむにやまれぬ事情があったことに気づく。すぐにというわけにはいかなかったものの、彼女はやがてふたたびエリザベスを受け入れていく。

ジョージアナに絶望を与えたのも彼女なら、一番苦しく孤独な時にたったひとり寄り添ってくれたのも彼女だったから。

（きっと結愛さんも、あのふたりのエピソードには何か思うことがあるはず……）

なくてはならないものに、失う前に気がつけばいいけれど。

そう願いつつ、今度は表紙を作る。

それを見返しと共に本文に貼《は》り付け、重石《おもし》をのせて息をついた時、――時計はママレード書店開店の三時間前を示していた。

「んー。また寝損ねた……」

賢人は寝不足のしぱしぱした目をこすり、この上なく疲れた姿でよろよろとアトリエを出た。

そしてしばし逡巡した末、二階へ続く階段を上がっていく。

いつもはなるべくオーナーの生活を荒らさないよう心がけているのだが、入浴もしないままレジに立つのは、さすがに憚《はばか》りがある。

ぺたぺたと力なく階段をのぼりきり、おそるおそるリビングに顔をのぞかせると、相手は新聞片手に、トーストとコーヒーで優雅に朝食を取っているところだった。

「あのぅ……」と声をかけると、気づいた馨がこちらを見て目をしばたたかせる。

「先輩、すみません……ちょっとシャワー貸してもらえませんか。あと何でもいいんでTシャツを一枚……」

「まさか徹夜か?」

「……わざとじゃありませんが……結果としてそうなりましたです。はい」

ぼんやりとした頭で答えながらリビングに入っていくと、馨の向かいの席に勝手に腰を下ろす。

「結愛さんの記憶で、どうしても返さなきゃならないものがあったので、例によって絵本を作ってて――」

「一昨日《おととい》も家に帰るのが遅くなって、ほとんど寝てないって言ってなかったか?」

「……そういえば……？」

一昨日は、本業の絵本作家としての作業に夢中になっているうちに寝そびれたのだ。

「何が楽しくて不眠耐久生活なんかしてるんだ？」

心底呆《あき》れたような問いに、恐縮しながら応じる。

「全然楽しくはありませんけど、でも削れるのって睡眠時間くらいしかないというか……」

思考のまとまらない頭でぼんやりと返すと、馨は「ちっ」と舌打ちをした。

「店は俺が開けとくから、おまえはそこのソファで少し仮眠しろ」

「いえ、そういうわけには……」

「オーナーがそう言ってるんだ。寝ろ」

「いえ、ここでは絶対に寝たくないんです」

「あ？」

「先輩の家でだけは寝たくないです」

「すでに言動が不可解なレベルなんだが」

「だってそんなことしたらミカンに食べられちゃう……」

——意識はそこで途切れた。

どこかで、はしゃぐような女性の高い声が響く。

マジですかうれしーありがとうございます！　わーやったー！

（……あれ？）

聞き覚えのある声だった。覚醒《かくせい》しかけた頭は、それが結愛の声だと告げる。

（そっかー。結愛さんか。公爵夫人の本を取りに来たのかな……）

寝返りを打ちながらそんなことを考え、それからぱちりと目を開く。

（え――）

「えぇぇぇぇ……っ!?」

奇声を上げながら跳ね起きた。

と、顔にかかっていたと思われるTシャツが、パサリと音を立てて床に落ちる。時計を見ると、午後の一時を指していた。

ひとまずあわててそれに着替え、キッチンを借りて顔だけ洗ってから猛ダッシュで下に駆け下りていく。

「先輩！　た、たた大変申し訳っ、わけ、……っ」

焦るあまりかみまくって言うと、レジにいた馨が冷ややかーな眼差しを向けてきた。

「おまえ、今度から夜二時以降は作業禁止な。それからアトリエに寝袋置いとけ」

「すみません！　本当にすみま——え、アトリエに泊まってもいいんですか？」

「朝の八時に上がってきて、ぶっ倒れられるよりはマシ。俺がこいつを見張るのにどんだけ苦労したか」

「え？」

「ヌー‼」

見れば、足元に小さな段ボール箱があり、それがごそごそ揺れている。

「まさか……ミカンがその中に……？」

おそるおそる訊ねると、馨はけろりとうなずいた。

「目を離すとすぐに二階に行こうとするんでな」

「ミカン⁉　大丈夫⁉　今助けるから——」

押さえていた馨の脚をどかしてダンボール箱をひっくり返すと、恰幅《かっぷく》の良い鋼色の猫が、憤然とした様子で飛び出してきた。

「あーあー、蝶ネクタイ曲げちゃって……」

ネクタイを直そうとしたものの、その手は「ヌー！」という抗議の声と共に前足で邪険にはたかれる。そのまま、ミカンはぷりぷりと怒った足取りでどこかへ行ってしまった。

「……ダンボールは、プライドを傷つけたみたいですよ」

「しっぽ踏んで押さえつけておいた方がよかったか？」

こともなげに言い、馨はエプロンを外してこちらに渡してくる。

（隙《すき》がなさそうに見えて、やることは大ざっぱなんだから――）

胸中でつぶやきながらエプロンを受け取り、レジをざっと見まわした。そして一点だけ昨日との差異に気づく。

「そこに置いておいた本、結愛さんに渡してくれたんですね」

「あぁ、さっき取りに来たから、彼女の本と、おまえの作った絵本と両方渡しておいた。喜んでたぞ」

「何かのきっかけになればいいんですけど……」

つぶやきながら、せめてもの贖罪《しょくざい》にミカンのクッションをはたき、形を整えて戻す。しかしすっかり拗《す》ねてしまったらしいミカンは、その日一日閲覧コーナーの馨の定位置に先に陣取り、昼寝を決めこんだまま決して明け渡そうとしなかった。

＊

「美咲をここに呼んでもいい？」

　絵本を渡してから三日後、結愛はふたたびママレード書店にやってきた。そして開口一番にそう言った。

「なんていうか……大学に来なくなっちゃったの。――わたしには関係ないって思ってたんだけど……、や、今でもそう思ってるけど……」

「結愛さん――」

「いなくなってせいせいしたって思うのに、気になるの。気になることにイライラするの。でも気になるの……」

　そこで、迷うように視線をさまよわせる。そして心を揺らす自分にも腹を立てるように、くちびるを引き結んだ。

「一度――一度だけ話を聞いてもいいかなって。……でもひとりだと冷静に向き合う自信がなくて……」

　思い詰めた面持ちで言い、彼女はカウンターに身を乗り出してくる。

「今でもすごく気持ちがモヤモヤしてて、美咲と陸が一緒にいることを考えるだけでイライラして苦しいの。絶対冷静には話せないと思う。お願い、一緒に美咲の話を聞いてくれない？」

「結愛さん……」

そんな大事な場面に立ち会うのが自分でいいのか。とまどいを覚えつつ、例によって閲覧コーナーでノートパソコンに向かっている馨をちらりと見やる。

（一般的な書店の役割からは逸脱《いつだつ》してしまうんですけどー……）

目でそう確認を取ると、気配を感じたのか、彼は一瞬だけ視線を上げて肩をすくめた。

（ま、乗りかかった船だし。好きにすれば。……ってところかな）

そう判断し、結愛にうなずく。

「わかりました。夜の八時に閉店なので、その後なら」

「ありがとう……っ」

彼女はホッとしたように言い、その場でスマホを取り出してメールを打ち始めた。メールも電話も着信拒否していたという話だが、それは解除したようだ。

返信はすぐに来た。結愛は慎重な手つきでそのメールを開く。

「……来るって。今日、八時に。ここに」

とぎれとぎれに言いながら、彼女ははーっと大きく息をついた。そしてスマホをバッグに放り込む。

「陸の部屋で美咲を見つけた時のこと、実はあんまり覚えてなくて。たぶんショックすぎて、すこーんと記憶が飛んじゃったんだと思うんだけど……」

　吐息まじりのアンニュイなつぶやきに、それはそこで我関せずとばかり昼寝をしている猫型貘のせいです、と心の中で返す。しかし表向きは神妙に相づちを打った。

「そうかもしれませんね」

「でもね、賢人くんがくれた絵本の魔法使いのセリフ――あの『見つかってホッとした』っていう、あの言葉……」

　どこへともなく問うように言い、結愛はわずかに小首をかしげる。

「わたしと鉢合わせた時、美咲もそう思ったんじゃないかなって気がするの。なんとなくだけど……」

「きっとそうなんじゃないでしょうか」

　思わず前のめりにうなずいてしまうと、結愛は「え?」と怪訝《けげん》そうに返してくる。

　咳払《せきばら》いでごまかし、もう少し控えめに言い直した。

「あ、いえ、結愛さんがそう感じるなら、そうなんじゃないかなって……っ」

「変なの」

　彼女はくすりと笑う。そして緊張を残したまま、自分を励ますように言った。

「また後で来るね」

そして夜の八時。

だいぶ長くなった初夏の日もすっかり暮れて、書店のガラス張りのドアには「Closed」の小さなプレートがかけられている。

ビミョーに興味を示してレジの中や書架の間に居座ろうとする馨の背中を押すようにして二階に追いやり、手早くレジ締めや、返品の箱詰めをしながら待っていると、ドアベルが鳴り、まず緊張に顔をこわばらせた結愛がやってきた。

「どんな顔すればいいのか、わかんない……」

彼女は、ひと目見てわかるほど悶々とした様子だった。それをなだめつつ、閲覧席へ案内しながら、少し気になっていることを訊いてみる。

「その後、彼氏さんは?」

「——連絡ない」

「あ、……すみません、立ち入ったことを聞いて……」

あわてて謝りながら、やはりおかしいと感じた。

結愛によると、美咲と陸との関係が判明したのが、二週間前。いくら浮気をして後ろめたいからといって、そんなに長い間、仮にも彼女を放っておくものだろうか。

傍《はた》から見ると好意を疑いたくなる仕打ちだが、結愛の気持ちは、そんなことではビクともしないようだ。

「陸は、わたしのことを好きだって言ってくれた。もし他の子にも言ってたんだとしても、彼女はわたし。……別れるつもりなんてないから」

きっぱりと言い、じっと書店の入口を見据える。

その視線の先で、チリンチリン、とドアベルが鳴り、おずおずと美咲が顔をのぞかせた。

「こんばんは……」

「あ、どうぞ。お入りください」

うながされてゆっくりと入ってきた美咲は、長い黒髪を揺らし、とまどいがちに店内を見まわす。

賢人は、八角形のスペースにアンティークのテーブルと椅子が並ぶ閲覧コーナーを手で差した。

「結愛さんはあちらです」

美咲がそちらに向かったのを見届けて、レジ奥のアトリエに入る。電気ケトルでお湯を沸かし、丁寧にいれた紅茶をトレーにのせて、閲覧コーナーに向かうと、そこにはテーブルをはさんで向かい合ったままうつむいて座るふたりの姿があった。

「どうぞ」

お茶を出したところ、ふたりは無言で同時に頭を下げた。息の合い方はさすがだな、とのんきに考える。

本来ここでは飲食をしない決まりだが、今夜は特別。賢人はトレーを脇に置くと、あらかじめ結愛に頼まれていた通り、彼女の横に腰を下ろした。

賢人と結愛の前で、やがて美咲は意を決したように口を開く。

「わたし、ずっと結愛に隠してたことがある。陸のこと――」

「いつからつき合ってたの？」

「ちがう！　つき合ってなんかなかった……っ」

「でもちょくちょくデートしてたんでしょ？　自分でそう言ったんじゃん。陸だって否定しなかったし。それにあのことがあってから何人かが、美咲と陸がふたりでいるのを見たことがあるって話してくれたよ!?　けっこういろんな子が見てるって！　知らなかったのはわたしくらい――」

「結愛さん……っ」

話しているうちにテーブルに身を乗り出した結愛に、賢人がそっと声をかける。と、彼女は言葉を止めて自らを落ち着かせるように座り直した。

眼差しをとがらせたまま黙り込む結愛の前で、美咲はおもむろにバッグから自分のスマホを取り出す。

「これを見れば、全部わかってもらえると思う……」

そう言いながら、彼女はメール画面を開いた。しかし手をのばした結愛の前で最後のためらいを見せ、スマホをにぎりしめる。

それを受け取った結愛は、液晶画面を一瞥してハッと目を見張った。そして食い入るように見つめ、やがて「うそ……っ」とつぶやいたきり絶句する。

「横にスライドさせれば他のも見られるから」

美咲が小さな声で言った。苦い思いをかみしめているとわかるその言葉に、結愛は液晶の上でせわしなく指を動かす。

そして最終的には片手で口元を覆い、脱力したように椅子の背もたれに寄りかかって呆《ぼう》然《ぜん》とこぼした。

「――そんな……」

ややあって、彼女はそこに賢人がいることを忘れていたという体で、声をしぼり出す。

「……陸からのメール。わたしとつき合い始めた頃の日付で、美咲を呼び出す内容。『来なかったら結愛を傷つける』って……」

「え……っ」

「他のメールも、日付がちがうだけで全部似たような内容。何度も──どういうこと？」

問いに、美咲は下を向いて細い声で応じた。

「隠してたっていうのは、そのこと。陸とは……高校の頃からの知り合いなの。予備校が一緒で……」

「……そんなの、聞いてない──」

結愛のかすれ声に、美咲はうつむいたままうなずいた。

「その頃に陸から何度か告白されたんだけど、全部断った。それで終わったと思ってたんだけど……、大学に入って、結愛がカレシできたって言うから会ってみたら、陸で──びっくりして……」

「──……っ」

耳にした言葉に賢人は息を呑む。

もし陸が、美咲への執着のためにそんなことをしたのだとすれば、──いや、実際その通りなのだろう。後であんなメールを送ってくるようになったということは。

（でもそれじゃ……）

ちらりと結愛を見る。彼女は彫像のように凍りついたまま、じっとテーブルを見つめていた。

その衝撃を思うと胸が詰まる。初めての恋だと、あんなにも夢中になっていた相手が、最初から美咲目当てに作為で近づいてきていたなど。

美咲は顔を上げ、まるで自分の痛みをこらえるかのような面持ちで訴えてくる。

「『その人ちがうよ』って言いたかった。でも結愛は陸のことで頭がいっぱいで、わたしの言うことなんか全然聞かなかったし、悪口言うとすぐにケンカになっちゃうし、それに——陸のこと話す時の結愛、すごくすごく幸せそうだったから、だんだん言えなくなって……っ」

美咲のくちびるがふるえ、声が詰まる。

「そうしたら、……陸からこんなメールが、送られてくるようになって——」

大きな瞳に涙を浮かべながら美咲は続けた。

「あいつ、結愛は自分に夢中だから、何でも思い通りだって言うの。喜ばせるのも、傷つけるのも気分次第。だから自分を怒らせるなって、わたしに……っ」

「ウソ。ウソでしょ……っ」

結愛は力なく首を左右に振り、同じ言葉をくり返す。

けれど陸から美咲へ送られたメールを見せられては、現実を否定する術《すべ》もない。美咲も手で目頭を押さえ、嗚咽《おえつ》まじりの声をしぼり出した。

「黙っててごめん。……このままじゃダメ、本当のこと言わなきゃって、何度も、思ったんだけど……っ」

言ったらひどく傷つける。でも黙っているのは裏切りになる。いったいどうすればいいのか――。答えを出せずにいる間に、ずるずると時間ばかりがたってしまった。

その告白に、結愛は言葉を返すこともできないようだった。

しかし絶句する彼女の前で、美咲が何度も謝る言葉をくり返すうち、ややあって衝撃を残した様子ながら口を開く。

「――わたしこそごめん。ひとりで悩ませて、……つらい思いさせて……。ほんと最悪だね。何も知らないで……何も見えてなくて……！」

振りしぼるような声音で言い、結愛は美咲の手に自分の手を重ねた。

「……わたし、本当に、バカみたいに陸しか目に入らなかったから。……美咲の言うこと全否定してたし、……ふたりのことわかってからは着拒してたし、……言えなかったよね……っ」

ひとつひとつ、かみしめるようにして言葉を紡《つむ》ぐ結愛の目にも涙が浮かぶ。彼女はつないだ美咲の手にすがりつくように、テーブルの上に身を伏せた。

ゆるく巻いた茶色の髪が横顔を隠しているため、その表情はわからない。しかし小刻みにふるえる肩を見れば想像がついた。

しばらく声もなく身を伏せていた彼女は、やがて嗚咽を交えてつぶやく。

「陸は……好きだって言ってくれた。たった一度だけだけど、わたしを好きだって――」

みんながかっこいいと言う青年から、きちんと女の子として扱われ、そんなことをささやかれて、恋などいらないと強がっていた少女は、他愛《たわい》なく心の壁をくずされた。

そしてまたたく間に夢に呑み込まれてしまった。

「こんなの……なんでぇ……っ」

悲痛なかすれ声に、美咲が黙ってうなずく。その手はしっかりと結愛の手をにぎりしめている。

賢人がそっと席を立っても、ふたりがそれに気づくことはなかった。

＊

ママレード書店の閉店は、夜の八時ということになってはいるが、その時間になるとお客さんはほとんどいない。

結愛と美咲との話し合いを見届けてから一週間ほどたった、その日。

賢人は返品の荷造りや、明日入荷予定の本を置くための書架整理など、閉店後にやるべき作業を早々に始めていた。

今夜はなぜか美紅もいる。このところ、彼女は大学とバイトとの隙間時間に、たびたび顔を見せるようになったのだ。何が楽しいのか知らないが、売り場とバックヤードとを行き来する賢人を横目に見つつ、アトリエで勝手にお茶をいれ、閲覧コーナーでスマホをいじり、ひとりくつろいでいる。

馨がいると、閲覧コーナーでの私語厳禁のルールについて言い合いになるのだが、今夜はたまたま彼が早くに二階に引き上げていたため、美紅の独壇場だった。

「だいたい元はカフェだったものを、勝手に書店なんかに変えちゃう方が悪いんでしょ。なぁにが私語厳禁よ、えらそうに！　どうせ、へったくそな小説書くのに邪魔だからってだけでしょ」

決めつける言葉に、ちょっとムッとする。

「先輩の作品、読んだことあるんですか？」

「ないけど。あいつ、自分の書いたもの誰にも見せないのよね」

「僕、一度だけ読ませてもらったことありますけど」

書架の下にある大きな引き出し――ストッカーの中の在庫を出し入れしながら応じると、美紅はスマホからぱっと顔を上げた。

「えぇっ!?　超貴重!!　――で、どうだった?」

「下手ではありませんでしたよ」

「煮え切らないわね」

「なんていうか、こう……現代のシュールレアリスムっていうか――」

「理解不能ってこと?　つまりど下手くそなんじゃん!　ハハッ!　ウケる!」

手をたたいて喜ぶ姿に、つい反論をしてしまう。

「でも先輩は他のことは何でもできる人ですから!　ひとつくらいの弱点なんてどうってことありませんよ。むしろ可愛げになるっていうか……っ」

「かばってんの?　けなしてんの?」

笑いをかみ殺しながら美紅が言った、その時。

チリンチリン、と涼やかなドアベルの音と共に、ガラス張りのドアが開いた。

「いらっしゃいませー……――あ、結愛さん。美咲さん」

「こんばんはー」

「先週はお世話になりました」

ふたりはそろって頭を下げた。顔を見せるのは一週間ぶりだが、横に並び立つ様子もすっかりなじんでいる。

(完全に仲直りしたんだな。よかった……)

入口に向かい、挨拶《あいさつ》ついでの世間話に応じていると、やがて結愛がこちらの様子をうかがうように切り出してきた。

「ちょっと個人的なお願いがあって来たんだけど……」

「お願い?」

訊き返すと、彼女は大きくうなずいた。

「すごくすごく図々《ずうずう》しいことはわかってるけど、どうしても!」

「何ですか?」

再度の問いに、彼女は美咲と目を見交わしてうなずき、賢人を見上げてきた。

「わたし、陸と別れようと思ってるんだけど——ただ泣いて引き下がるのも芸がないでしょ? わたし達、めちゃくちゃ被害をこうむったし」

結愛の言葉に、美咲が続ける。

「仕返しできないかって考えてるんです。陸はとてもプライドが高い上に、結愛が自分に惚《ほ》れ込んでいると信じていないます。なので、まさか自分から離れていくとは思っていないはずです。現に今も、彼女が折れて連絡してくるのを待ってますし」

「だからね、『新しい彼ができたから別れたい』って、わたしから言ってやりたいの！……で、そのための新カレ役を頼めたらなぁって……」

期待を込めて見上げてくる眼差しと、その言葉の意味に、しばらくしてから気がついた。

「――え、僕がですか？」

「お願い！　最後にどうしてもわたしからフってやりたいの！」

「筋違いなのはわかってますけど、そこを何とかお願いしたいんです。陸とわたし達って交友関係がかぶってるんで、知り合いに頼むことができなくて……」

「ええと……」

ふいに、ちくちくとした視線を感じて目線をさまよわせると、閲覧コーナーにいる美紅がこちらをじっと見ている。

（なんでそんなに冷たい目……!?）

それは、おまえ何やってんのバカじゃないの？　と言葉にせず告げてくる際の馨の眼差しによく似ていた。

とはいえ結愛の願いを無下《むげ》にするのも心苦しい。

「よ、横に座ってるだけでいいなら……」

自分にできるぎりぎりのところを提示すると、結愛は腕を組んで返してくる。

「座ってるだけでもいいけど、少しは甘い雰囲気を出してくれないと、演技ってバレちゃう……」

「あ、甘い雰囲気!?」

(って、どうやって出すんだ?)

中高の多感な六年間を男子校で過ごした人間の経験値のなさを甘く見ないでほしい。

目を白黒させるこちらの様子を見て、美咲が口を添えた。

「あ、演技指導はこちらでしますから。まかせてください」

「演技指導!?」

(や、やっぱりムリかも……!)

ありがちだが、これまでの人生において舞台経験と言えば幼稚園のお遊戯会での尺取り《しゃくと》虫役しかしたことのない身には荷が勝ちすぎる。

「あの……っ」

やっぱり僕──、と言いかけた時、ふいに横合いから美紅の声が響いた。

「賢人にそんな大役ムリよ。絶対、年齢=彼女いない歴だもん。またの名を推定DT!」

「────……っっ」

（た、助けてくれたのはわかるけど、その助け方あんまりだ!!）

埴輪《はにわ》みたいな顔になる賢人を尻目に、美紅は、結愛と美咲に向き直る。

「その役、この店の店主の方がずっと適任よ」

その声に、レジ脇で昼寝をしていたミカンが「ヌ？」と首を上げた。

「美紅さん、店主はこのミカンです……っ。先輩はオーナーなんですから」

「どっちでもいいわよ」

小声でささやくと、彼女はめんどくさそうに応じる。

「……篠宮美紅さん？　国際交流学科の？」

「え、知り合い……？」

結愛と美咲が、突然現れた美少女と賢人とを見比べる。バイトで読者モデルをやっているという美紅は、どうやら学内で顔が知られているようだ。

そんなふたりへ、美紅はそっけなくうなずいた。

「色っぽい役にはオーナーの方が断然オススメ。甘い雰囲気だろうが、しょっぱい関係だろうが、何でもこなすし」

「オーナーさんって、あの……めちゃくちゃイケメンの、あの人？」

結愛がとまどいまじりにつぶやく。そして「誰?」と訊ねる美咲に、かくかくしかじかと説明をした。

美咲は、顔を輝かせる。

「いいじゃない!」

結愛にそう言ってから、こちらに向き直った。

「その人に協力してもらえるとありがたいです。陸は顔の美醜《びしゅう》にこだわりのあるタイプなので、結愛の新しい彼氏が自分よりはるかにイケメンっていうのは、よりダメージが大きくなるはずですから!」

さわやかな笑みで恐いことを言う美咲の横から、賢人は小さな声で主張する。

「あの人を巻き込むのはやめた方がいいです。わりと物事をひっかきまわしておもしろがる悪い癖が……」

学生時代のあれこれを思い出してアドバイスをすると、結愛も力を込めて言った。

「それ以前に、そもそもわたしとあのオーナーさんとじゃ、釣り合い取れなすぎて逆に怪しいよ!」

「なに言ってるの!　だからこそ陸に見せつけるいいチャンスなんじゃない。やってもらいなさいよ」

「や、そうじゃなくて……っ」

あおる友達に、結愛はきまじめに首を横に振る。

「賢人くんは、わたしが美咲に向き直るきっかけをくれたから——だから、やってもらえたら恋人のフリにも気持ちを入れやすいなって」

「……僕は、どんなに指導されても演技はムリです。でも結愛さんがその分を補ってくれるなら、協力すること自体はかまいません、けど——……」

なぜだろう。美紅の視線が痛い。とがったその眼差しから逃れるように目をさまよわせる。

その間に、口元に指を当てて思案顔だった美咲が顔を上げた。

「じゃあ設定を変えよう。結愛と賢人さんは、よく同じカフェで顔を合わせる常連同士。近頃あんまり落ち込んだ様子の結愛を見て、気になった賢人さんが、ふとしたことから声をかけて話をするようになった関係。賢人さんはずっと結愛のこと好きだったけど——あの、あくまで設定なので照れないでください」

美咲が困ったように笑う。

「あ、はい……」と、つい赤くなってしまった頬を押さえた。

「賢人さんはずっと結愛のことが好きだったので、思いきって告白。でも結愛にはまだ別れていない彼氏がいる。よって、ちゃんとケジメをつけてから改めて向き合いたいって言ってる関係。つまりふたりはまだつき合っていない――どう?」

結愛が大きくうなずく。

「なるほど! そうしたら賢人くんが慣れない感じで横に座ってるだけでもおかしくないし……」

「そして結愛が別れ話を切り出して、陸にショックを――や、屈辱《くつじょく》を与えたところに、おもむろにわたしも登場。これまで言えなかったことを、ここぞとばかりにたたみかける!まだアシスタントなのに、いつもカメラマン気取りで業界について語ったりしてるのが痛いとか、有名なタレントや女優と面識がある的なことを吹聴《ふいちょう》してるけど、実はその人の撮影時に現場にいたってだけで、相手の視界には入ったこともないってわりとみんな気づいてるけど、かわいそうだから言わないだけ、とか!」

「うわ、刺さる! でもそうかも!」

「きっと雲より高いプライドがボロボロになるわよ」

「ボロボロだね～」

きゃっきゃと盛り上がるふたりを、美紅はクールに眺めている。

「元カレへのリベンジ計画って最高に盛り上がる鉄板ネタよね、やっぱり」

「別れるとリベンジされちゃうんですか……？」

「舐《な》めたマネしたらね。マトモにつき合ってれば大丈夫」

ぽんと肩をたたかれ、軽くホッとした。少なくとも賢人は、好きだと思った女の子が自分とつき合ってくれたら、それだけでうれしくて舞い上がる。もちろん真摯に向き合う予定もないのにそう固く心に誓っていると、楽しそうに復讐《ふくしゅう》計画を練っていた結愛が、「そうだ」とこちらを振り向いた。そして手にしていたバッグの中から、賢人が先日納品した本を取り出す。

「このジョージアナの本、もう一冊同じもの作りたいんだけど……」

「同じものを？」

「そう。これ実は、映画を見た時に美咲が原作の和訳を読みたいって言ったから、課題に使おうと思ったの」

美咲も明るい顔でうなずいた。

「これ、内容もですけど、装丁も手作りと思えないくらいステキな出来だったんで、わたしも欲しくなっちゃったんです」

「世界でわたし達しか持ってない本っていうのがいいよね～」

「ね！」

手製本を間にはさみ、ふたりは顔を見合わせてうなずく。

自分の作った本が誰かを喜ばせたと感じる時ほど幸せなことはない。

「かしこまりました。ご注文ありがとうございます」

またひとつそれが増えたことに、賢人もまた自然に笑みをこぼす。――そうしながら、アトリエに泊まり込む場合、虎視眈々《こしたんたん》と夢を狙う店主から大事な記憶を守るために対策を練る必要があるな、と頭の片隅で考えた。

愛スル人

Daydreams in the Marmalade Bookstore

『なぜあんなことをした!?』

たたきつけるような怒声に、賢人《けんと》は息を呑《の》んだ。

落ち着け、と自分に言い聞かせる。これはいつもの白昼夢《はくちゆうむ》だ。

声の主は――つまり、この記憶の持ち主は若い男のようだ。目の前の相手につかみかかろうとして、多くの人に止められている。

『なぜ彼女にあんなことを言ったんだ！　なぜ！　何の権利があって……！』

羽交《はが》いじめにされながら、それでもなおあきらめず、全力でもがきつつ悲痛な声を張り上げる。

しかし憤激《ふんげき》も虚《むな》しく、特に反応を返すことなく冷ややかにこちらを見据《みす》える相手から、彼は力尽くで引き離されていった。

『返せ！　返せ――返せ！　返してくれ――マデリーン……！』

魂《たましい》をふりしぼるような叫びが胸をつく。

バサバサバサ……ッと本が落ちた。

「わ……っ」

棚のレイアウトを変えようと、ひとまず台の上に積んでいた文庫本が落ちたようだ。

我に返った賢人はあわてて拾い、埃《ほこり》を払う。確認したところ、汚れたり、ページが折れたものはないようで、ホッと息をつく。

「よかったぁ……」

そこへ、奥の棚の前で立ち読みをしていた常連のお客さんがやってきて、積まれている本に目をとめた。

「あれ、森鷗外《もりおうがい》？　なんで？」

「特に理由はないんですけど、今明治の文豪《ぶんごう》フェアを開催中で……」

空いた棚にハタキをかけながら笑みを浮かべる。

といっても賢人がひとりでフェアと名付けているだけだ。それも人目につきやすい棚の一画に、文豪と呼ばれる作家達の作品を、カバーが見えるようにして置くだけ。

それでも目立つところに置くことで、誰でも知っている作家、作品名でありながら実際には読んだことのない作品に目をとめ、改めて手に取ってもらえるようにと考えてのことだった。

明治時代の小説というと、どうにも取っつきにくい印象があるものの、最近は文字を大きくし、カバーの絵を若者向けにするなど、出版社も様々に工夫を凝《こ》らしている。

視界に入りさえすれば、きっと注意を引くはずだ。もちろん力の入ったポップもつけている。

「先週までは夏目漱石《なつめそうせき》の作品を置いていたんです。今週から二週間は森鷗外。それから石川啄木《いしかわたくぼく》や樋口一葉《ひぐちいちよう》もやるつもりです」

「へぇ、おもしろいな。明治が終わったら大正のもやってほしいね。オレは芥川《あくたがわ》や宮沢賢治《みやざわけんじ》の方が好きでさ」

「そうします。その際はよろしくお願いしますー」

「おぉ、読みに来るよ！」

さわやかに言い放ち、お客さんは来た時と同じように、ふらりと店を出て行った。

（たまには一冊くらい何か買ってってくださーい……）

いつも長時間立ち読みだけして去っていく背中に向けて、心の中でせつなく呼びかける。

正午近く。

横浜《よこはま》は元町《もとまち》のショッピングストリートから通りをふたつ隔《へだ》てた先という恵まれた立地にもかかわらず、店内のお客さんの数は片手の指で足りるほど。それでもマシな方だった。時間帯によっては、ひとりもいないことだってざらなのだから。

大勢の人間はうっとうしい。けれどずっとひとりでいるのも人さみしい。そんなオーナーの性格が、店内の雰囲気によく表れている。

そもそも流行《はや》る必要はないのだ。この店はあくまでオーナーが趣味の小説を執筆するために最適な環境として調えた箱庭であるのだから。最近になってそのことに気づいた。

彼は毎日、午前中に腰を据えてかかる副業によって、書店経営の資金としては十分なほど稼いでいるという。以前、本当にそれだけでやっていけるのかと訊《たず》ねた際には、元手が大きいので少し転がすだけで毎日それなりの収益があるのだと、さらりと説明された。

（そういえばいいお家のお坊ちゃんなんだよな、あの人……）

普段はこの洋館に引きこもって暮らしているため、よく忘れそうになるが。

（そろそろ下りてくる頃かな）

彼は午後、書店の閲覧《えつらん》コーナーで小説を書くことを日課としている。

そしてカウンターに目を転じれば、レジ脇のクッションに身を落ち着けた店主のミカンが、幸せそうな面持ちで寝ているのもいつものことだった。先ほど目が合った際に賢人に向けて記憶を吐き出し、すっきりしたのだろう。

（まったく。いつも唐突なんだから――）

特に先ほどの白昼夢は、何やらひどく劇的な場面だった。

「どっから拾ってきたんだよ、あんな記憶……」

棚に文庫本を面陳《めんちん》――表紙が見えるように置きながらつぶやいていると、チリンチリン……！　と真鍮《しんちゆう》のベルが涼やかに鳴り響《ひび》き、勢いよく入口のドアが開いた。

「お客連れてきた！」

快活な声を張り上げたのは、このママレード書店のオーナーである馨《かおる》の親戚《しんせき》、美紅《みく》である。

山手《やまて》にある女子大に在籍する現役学生の彼女は、後ろに同じ年頃の外国人の少女をともなっていた。その少女は、明るい茶色の瞳で店内をきょろきょろと見まわす。セミロングの金褐色《きんかつしよく》の髪が、その動きに合わせて跳ねた。

「あれ、カフェじゃないんだ？」

多少のなまりはあるものの、ほぼ完璧な日本語で言う。

白いTシャツに、膝下《ひざした》までのロールアップジーンズ。素足に赤いスニーカー。腰に巻いた赤いチェックのシャツが鮮やかなアクセントになっている。ボーイッシュな服装ではあるものの、凹凸《おうとつ》のある細身の体型や、さりげなく散らしたアクセサリーが女性らしさを添えていた。

隣の美紅は相変わらず、重ね着のタンクトップにショートパンツという、露出の多いハデな格好である。

顔の半分を覆《おお》うほどの大きなサングラスを頭に押し上げると、彼女は真っ赤に塗られたくちびるに挑発的な笑みを浮かべた。

「この子、リリー。アタシのバイト仲間で、イギリスからの留学生なの。近代の日本――特に明治・大正時代の横浜について研究してるんだって」

「ヨロシクー」

片手をあげて、リリーは気さくに言う。

「よろしく……」

答えながら賢人は、レジ脇に置かれたクッションの上で、ミカンが身を起こしたことに気づいた。鋼《はがね》色の猫は、どうしたことか、じっと彼女を見つめている。

いつも夢を食べる相手を物色している様子のミカンだが、このようにはっきりと興味を示すのはめずらしい。

（どうしたんだろ？）

首をかしげた時、賢人は美紅が手にしているものに気づいた。

「美紅さん、ちょっと……」

「んー？」

白い手は、ひどく汗をかいた大きなプラスチックカップを持っている。

「店内への飲食物の持ち込みは遠慮してもらっています。そのスムージーも、お店を出るまでカウンターで預からせてください」

「えー？　溶けちゃうじゃん」

「本の上に水滴がたれたらどうするんですか」

「見なかったことにする」

「渡してくださいっ」

レジカウンターから手をのばすと、彼女はクスクスと笑いながらプラスチックカップを渡してくる。

「飲んだら間接キスだよ」

「飲みません」

しかめ面《つら》でため息をつくと、彼女は可愛《かわい》らしくくちびるをとがらせてみせた。

「つまんないの」

まったく今どきの学生は大人を舐《な》めきっている。

美紅がリリーのところに戻ると、ふたりはひそひそと何かを耳打ちし合い、こちらを見てまたクスクスと笑った。からかいまじりのその視線に、少し居心地が悪くなる。

（口うるさいとでも言われたのかな……）

頭をかいている間に、ふたりは気ままに店内を歩きまわっていた。特にリリーは興味深そうに、漆喰《しっくい》と木材の壁や、天井から吊《つ》るされたステンドグラスと真鍮でできたランプを見まわしている。

「このお店、昔の建物そのまま使ってる？」

「そうみたい。いつ建てられたのかまでは知らないけど、最近書店に改装するまで、何十年もカフェとして使われてきたんだって――」

美紅の説明を聞くとはなしに耳にしながら、あれ？　と考える。

先ほどのリリーの言葉から察するに、彼女はここが元はカフェであったことを知っているようだった。以前にも来たことがあるのではないか。

そんなことを考えながら、他のお客さんの問い合わせに応じていると、しばらくしてリリーがレジにやってきた。そしてＵＳＢをカウンターに置く。

「横浜に来て、古い建物いっぱい撮ったよ。その写真をまとめたい言ったら、美紅がここで本にすればいいって教えてくれた。お願いしたいね」

「かしこまりました。アルバムの作成ですね」

「写真たくさんあるよ。見る？」

いつものようにレジの下から商品見本を取り出して見せようとしたところ、その前に彼女がカバンから引っ張り出したものを置いた。Ｌ版の写真の束《たば》である。

ママレード書店のアルバム制作は、基本PC上で写真とキャプション、装飾を編集した後に印画紙にプリントアウトする形であるため、実物を見なくても困ることはない。が、一番上にあった写真――教会の優美な佇《たたず》まいに、思わず手に取ってしまった。

するとリリーがすかさず口を開く。

「それは山手教会。日本で初めて建てられた教会がルーツね」

「え、ここが最初なんですか?」

「正確には、一番最初に建てられた教会は横浜天主堂。元は港近くの外国人居留地にあったそれが、ここに移転してきたね。でもその建物も、関東大震災で壊れちゃったんで建て直された。それが今の教会」

「へぇ、知らなかった」

首をのばしてのぞきこんでくる美紅と共に、一枚一枚めくっていくと、横浜にある西洋建築の数々――外交官の家、エリスマン邸、ベーリック・ホールといった有名なところから、今も住宅として使われているマイナーな屋敷まで、洋館の写真ばかりがこれでもかというほど続く。

「ほんとにたくさん撮ったんですね……」

感嘆をこめてつぶやくと、彼女は得意げに応じた。

「時間かかったけど楽しかったよ。イギリスが拠点を置いた港街はアジアにいくつもあるけど、横浜が一番好きね。東西の文化が混ざって、どっちも主張しすぎないで調和とれてるのが不思議でとてもいい思うね」

研究しているだけあって、それぞれの建物に関する説明もまた、地元出身の賢人や美紅よりよほどくわしい。

感心して聞き入っていると、彼女は最後にカバンから手帳を取り出し、そこにはさまれていた写真をふたりに見せてきた。

「とっておきの一枚が、コレね。どこだと思う?」

他のものとちがい、ひどく古びて黄ばんだ写真である。セピア色のそれには、見覚えのある建物が写っていた。

一階を店舗に改装した洋館。入口はガラス張りの扉で、その上には、横書きで『店琲珈ドーレママ』とぎこちないゴシック体で記されたステンドグラスのプレートが掲《かか》げられていた。右から左に読むのだろう。

ちなみにドアの下では、存在感のある鋼色の猫が平和そうに身を丸めている。

「え、これって……」

ひょいと首をのばしてきたミカンが、「ヌフゥ……」とうれしそうに鳴く。そう。それはママレード書店の前身と思われるカフェの写真だった。それも、ひと目見ただけでわかるほど古い。

「すごいですね……」

テレビなどではともかく、実際にこれほど古い写真を目にするのは初めてだ。

物珍しさに見入る賢人と美紅に向けて、リリーはうふふ、と得意げに笑った。

「戦前に撮った写真だって。これもスキャンしてアルバムに入れたいね。たぶん、持ってるのワタシだけだから」

*

「また新しいの作ったのか」

書架《しょか》の間に立ち、平積み及び面陳されている本のポップを取り替えていると、いつのまにか背後に来ていた馨が声をかけてきた。

「売り場が明るくなるからいいけど……楽しいのか？　これ」

「それはもう！　むしろポップを作るために本を読んでます」

晴れやかな答えに、彼はわかったようなわからないような顔で「ふぅん」と返す。

オーナーの趣味が色濃く反映されたこの店の商品には、今まで縁のなかった作品が少なからずある。お客さんに向けてオススメのメッセージを発信するにあたり、賢人はなるべく知らない本を手に取るようにしていた。

その姿勢は、本業であるところの絵本作家としての仕事にもプラスになる。

「あんまり増えすぎても意味ないから、ほどほどにな」

「古くなったものは、しおり代わりにお客さんにあげちゃってますから」

『ご自由にお持ちください』の張り紙と共にレジに置いておくと、けっこうなくなるものなのだ。

新しく作ったものをすべて売り場に飾ると、賢人は全体のバランスを確認し、その出来にひとり自己満足に浸ってうなずいた。

それからふと思いつく。

「そういえば、お昼くらいに美紅ちゃんが来ました。友達といっしょに」

「またか。あいつ最近来すぎだな。前は用がない限り近寄らなかったのに……」

興味なさそうにつぶやいた馨は、こちらをじっと見る。それからやれやれという体《てい》で首を振った。

（え、な、なに……？）

何だろう。その、まるで賢人に責任があるかのような仕草は。

首をひねりつつ訊ねた。

「前は仲悪かったんですか？」

「今はいいように見えるのか？」

「まぁ……美紅ちゃんは口を開けば先輩にこのお店を盗《と》られたって文句言ってますけど……」

「本屋にしたのが気にくわないらしい」

醒《さ》めた口調で言いつつも、そこにはほんのわずかに気にかける響きがあった。

「あいつはあいつでじいさんを慕ってるし。カフェに愛着あったのかもな」

元はカフェのオーナーであったという、馨の曾祖父《そうそふ》の話を耳にして、賢人はハッとあることに思い至り、「そうだ」と声を上げる。アトリエに向かうと、パソコンを操作して馨を呼んだ。

「いいものがあるんです。これ、ひいお祖父《じい》さんに見せたら喜ぶんじゃないでしょうか」

そう言いながら簡単にリリーのことを説明し、彼女の写真をスキャンして取り込んだ戦前の洋館の画像を見せる。

「これ……」

予想した通り、馨は驚いたようにその写真に見入った。

「この写真、どこで手に入れたって？」

「さぁ……そこまでは」

小さく首をかしげると、彼はかすかに眉を寄せる。

「俺も以前、この洋館の古い写真がないか探したことがある。けど、少なくとも公的な資料は存在しなかった」

「ってことは、これは個人が撮った写真なんですね」

「たぶんな」

うろ覚えだが、戦前と言えば写真館で写真を撮っていた時代ではなかったか。個人でカメラを持つことがあまり一般的でなかった時に、いったい誰がわざわざそんなことをしたのだろう？

よく考えると不思議な話だ。

（おまけに今まで大事に保管していたなんて……）

その人物にとって、この珈琲《コーヒー》店はそれだけ大切な場所だったのだろう。

写真を眺めながら物語を想像し、賢人は絵本作家としての胸が騒ぐのを感じた。

（今度リリーさんが来たら、どうやってこの写真を手に入れたのか訊《き》いてみよう）

「いいことを思いついたんだ、ミカン」

＊

翌日。レジでスケッチブックをかまえた賢人は、白いページに色鉛筆を走らせていた。

右手に三色を同時に持ち、それを器用に入れ替えながらすばやく仕上げていく。

「今度からポップに君のイラストを載せようかなって。『猫店主のオススメ☆』みたいな感じでさ」

折しも今は猫がブームであるらしい。これはもう乗っかるしかない。橙《だいだい》色の蝶《ちょう》ネクタイをつけた鋼色の猫を様々な角度からスケッチしつつ、賢人は文字通り猫なで声を出した。

「とゅーわけでほんの少しの間でいいから目を開けてもらえないかなー……？」

肝心の店主は、先ほどから寝こけるばかり。しかしくり返し懇願《こんがん》していると、猫（ではないのだけれど）は「ヌゥ……」とめんどくさそうに鳴きながらも大きな目をパッチリと開けた。そのとたん。

「あ……っ」

頭の中に風が吹いたような感覚と共に、ひとつのイメージが流れ込んでくる。

どこか外国の家のようだ。

室内だというのに壁は白塗りの煉瓦《れんが》で、下にスチームが据えられている。傍《かたわ》らには古びた上げ下げ窓があり、その向こうの景色もまた日本の街並みとは異なっていた。

やわらかな日差しの中、ソファに座る白人の老女が、膝の上の箱を両手で包み込んで言う。

『これはおまえにあげるわ』

若い頃はさぞかし美しかったのだろうと思わせる、雰囲気のあるその女性は、静かに漆器《しっき》の箱の蓋《ふた》を開けた。中には古びた写真が何枚か入っているようだ。

『昔の思い出よ。私の青春が詰まってるの』

『でも……それっていやな思い出でしょう？』

若い声に、老女はゆったりと笑って小箱の中から指輪を取り出す。

光にかざすと、横一列に並んだ色とりどりの宝石がキラキラと光る。目を細めてそれを眺めながら、彼女は穏やかにつぶやいた。

『真実を口にできない時代だったのよ……』

「こーんーにーちーはー。ハロー？　大丈夫？」

呼びかけに、ハッと目をしばたたかせる。

気がつけば、カウンターの前に昨日会ったばかりの留学生、リリーが立っていた。

「あ、こ、こんにちは……っ」

「何度も呼んだのに、ボーッとして」

「すみません――」

あわてて謝りながら気づく。今の記憶は、おそらく彼女のものではないか。

なぜならふたりは英語で話していた。……それでも賢人が理解できたのは、まったく不思議なことに、光景の下のあたりに字幕が出ていたからである。

（いったいどんな仕組みになってるんだ……？）

おそらくはミカンの気遣いと思われる現象に首をかしげつつ、記憶をのぞき見てしまった本人を目の前にして、若干後ろめたい思いを抱く。

そうとも知らず、彼女は屈託ない様子で文庫を一冊レジに置いた。

「これ。くださいな」

差し出されたのは『舞姫』――昨日、目立つ場所に置いたばかりの森鷗外の作品である。

「これ、文語で書かれているから、日本語のわかる人でも読むのは大変でしょう」

手に取ってもらえたことをうれしく思いながら声をかけると、リリーは肩をすくめた。

「実は読めないよ。日本語、話すは得意だけど、文字はひらがなとカタカナしか読めない」

「あ、そうなんですか……」

「でもこの話、英語で読んだから知ってるよ。表紙の絵がめっちゃキレイだから記念に欲しいな思って」

「なるほど。そうでしたか」

近年刊行されたこの文庫は、確かに人気漫画家の手による大変目を引くカバーである。透き通るように儚《はかな》げなエリスのイラストを見下ろして、彼女は言った。

「この話が、鷗外の経験をベースにしてるのも知ってるよ」

「よく調べてるんですね」

「舞姫エリスのモデルになったエリーゼは、恋人だった鷗外を日本まで追いかけてきたね。鷗外が帰国した四日後に横浜港に到着したよ。その時二十一歳。ワタシと同じ歳《とし》」

「え、日付までわかってるんですか？」

「イギリスにいた時、日本文学を研究してる友達に聞いたね。そのへんのこと鷗外の妹が書き残してるって。エリーゼはとてもいい人だった。鷗外の周りの人達が毎日説得に通って、一緒になれないことをわかってもらった。最終的にはあきらめて帰っていったって書かれてたみたいね」

「皆さん、くわしいんですね。すごい……」

感心して言うと、リリーはフン、と鼻を鳴らす。

「いつだって恋に落ちて愛に生きようとするのは女で、男はヤバくなるとすぐ逃げちゃうね。そして後で、彼女にはかわいそうなことをした……なんて回想する自分に酔うよ。サイテー」

「そんなことはありません。世の中には愛に生きようとしながら当の女性に捨てられる男もいっぱいいいます」

「たとえば？」

胡乱《うろん》げに問い返され、あわてて記憶の引き出しを引っかき回す。

「た、たとえば——ええと……ホセとか」

「誰？」

「『カルメン』のドン・ホセですよ。美しいカルメンに心奪われてすべてを捨てて一緒に逃げたのに、当のカルメンはあっさり他の男に心移りしてしまったじゃないですか。彼女のために密輸組織にまで身を落としたドン・ホセは、茫然《ぼうぜん》自失だったにちがいありませんよ」

「確かに――」

「あと…、あとは『グレート・ギャツビー』もです。両想いだと信じていた女性に裏切られたあげく、彼女の起こした事故の責任をなすりつけられて、そのせいで殺されて、しかも名誉回復されないまま。なのに彼女は夫と幸せに暮らしちゃうんですよ？　涙なしには読めません」

「言われてみれば……っ」

リリーは噴き出し、声を殺して笑った。

それにしても、と思う。彼女はずいぶん『舞姫』にまつわる事情にくわしい。何か作品に思い入れでもあるのだろうか。そう考えて、先ほどの白昼夢を思い出す。あれがリリーの記憶だとすると――。

その時、稲妻のようなひらめきが脳裏を走った。

衝撃にカウンターの縁をにぎりしめ、おそるおそる訊ねてみる。

「君は――まさか、エリーゼの孫なんじゃ……!?」

リリーは一瞬ぽかんとした後、先ほどよりも大きく噴き出した。

「お、おもしろいね……。その発想なかった……っ」

けたけたと笑いながら言われ、カァ……ッと頰《ほお》が熱くなる。

よく考えれば、『舞姫』が発表されたのは明治時代だ。その時点で二十一歳を過ぎていたはずのエリーゼが、今二十一歳だというリリーの物心がついた頃に、生きていたはずがない。

しかしその時。

「でも当たらずとも遠からずなんじゃないか？」

不意にそんな声が割って入った。

「先輩……？」

振り向くと、馨の姿があった。まだ昼前だが二階から下りてきたようだ。こんな時間にめずらしい。

リリーが笑いを収め、怪訝《けげん》そうに彼を見つめた。しかし馨は自己紹介をするでもなく、単刀直入に切り出す。

「カフェの写真をどこで手に入れたんだ？」

問い詰めるような口調に、彼女はわずかに眉を寄せた。

「アナタには関係ない」

「時代的に君のお祖母《ばあ》さんか、ひいお祖母さんのものだろう。さらに『舞姫』にこだわるところをみると、君はその人の身に起きたことをあの話に重ねたんじゃないか？　つまりその人は日本の男に捨てられた？」

（——……）

仮にも初対面の相手に何ということを。あまりのずけずけとした物言いに、賢人の方がうろたえてしまう。

リリーはみるみるうちに顔を赤く染め、キッと馨をにらみつけた。

「もし……もしその通りだとしても、アナタにバカにされる筋合いないね！」

強い抗議の声に、書架の間にいた他のお客さんが何事かと顔をのぞかせる。しかし彼女の苛立《いらだ》ちは収まらず、賢人を振り向いて当てつけるように怒鳴った。

「不愉快。帰る！　また来るね。次はそいつのいない時に！」

「あ、ちょっ——本……」

呼びかける間にも、乱暴な足音はさっさと入口のドアを開け、出て行ってしまう。小さくなる背中を呆然《ぼうぜん》と眺め、それから馨を振り向いた。

「先輩！　お客さん怒らせてどうするんですか……っ」

抗議を込めて見据えると、彼は苦笑しつつ頭をかく。

「や……、ちょっとつついて色々聞き出そうと思ったんだが……。思ったより気が強かったみたいだ」

「みたいだじゃありませんよ、もう！」

ブックカバーをかけた、会計途中の『舞姫』の文庫をレジの下の予約品の棚に置いて憤然と言う。

「お客さんにあんな失礼なこと言うなんて……」

ブツブツとこぼすこちらにかまわず、彼は何やら考え事をする体でつぶやいた。

「だが彼女がここに来たのには、きっと何か目的があるはずだ」

「はぁ……？」

「俺の代わりに訊いてみてくれ」

「何なんですか？」

確信を持って言う相手に根拠を訊ねる。しかしそれは「まぁ、ちょっとな」と軽く流された。

「うまくいったら、この間の――ほら、絵本コーナーの拡張の件を前向きに考える」

「頑張ります！　……けど――」

つい反射的に答えてしまった後、ぽつりと付け足す。

「なんだ？」

「や、先輩が自分から女性に興味持つのってめずらしいなーって思って……」

素朴な問いに、彼は口元をほころばせた。

「そう見えたか？」

「ちがうんですか？」

その時、ぼーん、ぼーんと低く鳴り始めたチョコレート色の古時計をちらりと見て、彼は小さく肩をすくめる。

「じいさん孝行のチャンスかもってだけだ。——頼む」

「はぁ……」

馨が賢人に何かを言いつけるのは、学生時代から日常茶飯事である。が、こんなふうに頼み事をしてくるなど初めてだ。

結局何のことかはわからなかったものの、彼にとってリリーにまつわる出来事は重要な意味を持つらしい。予約品の棚に置いた『舞姫』の文庫を手に取り、賢人はぱらぱらとそのページを繰《く》った。


その日、書店のバイトが終わった後、賢人はアトリエで自分のスマホを取り出した。

アドレス帳の中の「みくみく」の名前にふれると、液晶画面に美紅の番号とメールアドレスが表示される。

いつだったか、スマホ片手に彼女と話をしていた際、気がついたら連絡先を交換する流れになっていたのだ。そこに至るまでの経過をまるで思い出せないのだが、本当にいつのまにか、この情報は賢人のスマホの中に入っていた。

五つも歳の離れた、駆け出しの絵本作家兼アルバイトにすぎない自分が、まばゆいばかりの青春のただ中にある学生――それも水際立ってきれいな女の子に電話をするなど、おこがましい機会はきっとないだろうと思っていたのに……人生はわからないものだ。

(でもまぁ同意の上で交換したんだから……、使ってもいいはず――)

しばし迷ってから、えいっと通話の発信ボタンを押した。二回、三回と鳴る呼び出し音を、やや緊張しながら待つ。――と。

『もしもーし！　美紅でーす』

ふいに明るい声が、すぐ耳元で聞こえた。距離の近いその感覚に、一瞬どきりとする。

「あ、あの、」

電話の向こうから、がやがやと雑踏の音が伝わってきた。どうやら外を歩いているようだ。

「――賢人です……」

『知ってるよ』

くすくすと笑みまじりの声が応じる。

『電話してきたの初めてじゃん。なに？　なんか用？』

ぽんぽんと訊ねてくる声は、どことなく機嫌が良さそうだった。迷惑げな反応でなかったことにホッと胸をなで下ろす。

「あの、実はお願いしたいことがあって……」

『お願い？　アタシに？　なになに？』

息づかいまで感じられるほど近くで響く声は、好奇心に弾んでいる。

賢人はすっかり緊張を解いて告げた。

「はい、できれば近々《きんきん》にリリーさんとお会いしたいのですが、彼女をお店に連れてきてもらうことってできますか？」

『あん？』

（――声が……!?）

気のせいだろうか。今なぜか急に声が低くなった。……ような気がする。

『どういうこと？』

「いえっ、あのっ、実は先輩に頼まれたことが……ありましてですね……っ」

『馨に?』

胡乱げな問いに、かくかくしかじかと説明をすると、彼女は小さく吐息をついた。

『あぁ、そういうこと――』

「事情はよくわからないんですけど、ひいお祖父さんのためとか……」

『へぇ、何だろ』

美紅はどうでもよさそうに相づちを打つ。

「……先輩って、ずいぶんひいお祖父さんを慕ってるんですね」

『馨は、伯父様やお祖父様――えぇと、つまり祖父とは死ぬほど仲が悪いからね。逆にひいお祖父ちゃんにはずっと可愛がられてきたから、孝行したいんでしょ。歳が歳だから正直もう長くないだろうし』

「――……」

あぁ、そうだったのか……と、頭のどこかで声がした。

家族について一切語らない彼が、曾祖父についてだけは口を開く。何かを望むということのあまりない彼が、めずらしく賢人に頼み事などしてくる。

そこにはやはり理由があったのだ。

もう長くない、という美紅の言葉がひどく胸に迫ってきた。肝心なことほど話さない人だからこそ、内に秘めた思いが伝わってくる。

彼女は気を取り直すように言った。

『賢人は？　家族、どんな感じ？』

「うちは、いたって普通の……」

母は賢人を過大評価しすぎているきらいがあり、その息子に恋人の気配がないことに不満があるようだが、それさえ除けば特に問題はない。この話の流れで考えると申し訳ないくらい円満な家庭だ。

『うん、そうだと思った。だからかな？　賢人は、あの書店のレジの中にいるのがすごく合ってる気がする。パズルのピースがぴったりはまってる感じっていうか……』

「そうですか？」

思いもよらない指摘に首をかしげてしまう。彼女は軽く笑い、『いいよ』とさばさばした口調で言った。

『リリーとは明日会うから、ついでに連れてく。あ、馨は二階に引っ込んでるように言っといて』

「ありがとうございます。……思いきって電話してみてよかったです」

お礼に、なぜか美紅は『あのさぁ』と呆《あき》れのまじった反応を見せる。

『いつまで敬語なの？　まぁそういうとこも味っちゃ味なんだけど……』

「え？」

『何でもなーい。じゃあ明日ね！』

＊

「あ、来た」

翌日の午後。

店に届いた郵便物のチェックをしていると、その中に文庫本を封入した薄い箱が入っていることに気がついた。ネット書店に注文していた本だ。

箱を手に取ると、ミカンがその上に飛び乗ってきた。そして裏切りを責めるかのように眉間《みけん》に深い皺《しわ》を刻み、「ヌゥウン？」と低く鳴いて見上げてくる。

店主のその迫力に、雇われ店員はあわてて弁明を試みた。

「や、いつもだったら商品として注文したものを買うけど！　……これはちょっと急いで読みたかったっていうか……っ」

と、入口のドアが開き、真鍮のベルが涼やかな音を奏でる。入ってきたのは美紅とリリーのふたりだった。

「いらっしゃいませ……っ」

声をかけると、早速美紅が店内の雰囲気を考慮しない、潑剌《はつらつ》とした声を張り上げる。

「リリー連れてきたよー！」

「こんにちはー」

カウンターに近づいてくるふたりの姿に、賢人はあわててミカンごとネット書店の箱を置き、レジの棚から別の物を取り出した。

「わざわざどうも。これが完成したので渡したいなって……」

リリーに依頼されたアルバムである。

実際は昨夜、締め切りの迫っていた本業の作業を放置し急いで仕上げたものだった。それもこれもすべては今日、彼女に色々と話を聞くためである。

多数の写真をあますところなく載せた分厚いアルバムを目にした彼女は「わぁ……」と声を弾ませた。

「すごい！　カッコいいね！　ファンタジーに出てくる本みたい」

おおむね好意的な反応にホッとしつつ、彼女に向けて表紙を軽く開いてみせる。

「アンティークっぽい形にしたいという希望でしたので、西欧の古書に似せた雰囲気で仕上げてみました」

丸背の上製本である。折丁《おりちょう》をあえて四本の太めの紐《ひも》で綴《と》じ、丸みを帯びた本の背に凹凸を作った。

写真をプリントアウトする地の用紙もクリーム色を選び、表紙は仔牛の革《カーフ》に似た加工のされたキャメルの特殊紙を使用した。さらに見返しの紙もまた羊皮紙に似た紙を使うなど徹底している。

写真を用紙にプリントアウトする際にも、それらに合うよう多少色味に手を加えた。その甲斐《かい》あって、古い建築物の写真を集めたアルバムは、年季の入った資料のような趣《おもむき》のある見た目に仕上がっている。

リリーはしごく満足げにすべてのページを繰《く》り、目を通していく。そしてしんみりとした口調でつぶやいた。

「これ……できれば、ひいお祖母ちゃんに見せたかったね。ワタシが昔の横浜に興味を持ったのは、小さい頃から彼女に話を聞かされていたからよ」

「……え?」

「うちのひいお祖母ちゃん、最近亡くなったんだけど、むかし横浜に住んでたよ。ママレード珈琲店にもよく来てたみたいね」

「え、そうなの⁉」

ビックリしたように訊ねる美紅へ、リリーは何でもないことのようにうなずいた。

「若い頃は日本にある貿易会社のタイピストだったたね。戦争が始まる前から横浜で働いてたの」

「そうでしたか……」

賢人は驚きに目を見張りつつ、彼女がこの洋館の古い写真を持っていたのはそのせいかと納得もする。

その後の彼女の話をまとめると、こういうことだった。

ひいお祖母さんはある日、とあるカフェでひとりの日本人の学生と出会い、恋に落ちた。彼もまた彼女に想いを寄せた。

ふたりは毎日そのカフェに通い幸せな関係を育《はぐく》んだが、やがて戦争が始まると、日本に住む外国人への風当たりも日に日に強まっていった。

特に敵国だったアメリカ人とイギリス人への締めつけは強く、大使館に行っただけでスパイと疑われ拘束《こうそく》される者も出るほどだった。

混迷の中、それでも彼女は頑《かたく》なに彼の傍《そば》にとどまろうとしたものの――ある日、彼の弟が現れて言ったという。

『兄が貴方《あなた》と交際したのは、外国人の恋人を得ることへの目新しさと、貴方が都合してくれる貴重な文献《ぶんけん》が目当てだったというだけのこと。このような状況になるに至って、本当は貴方と距離を置きたいと言っている。だが貴方の気持ちを思うと気の毒でなかなか言い出せないということなので、私が代わりに言いに来た。兄には縁談が進んでいる。もちろん本人も乗り気だ。別れてほしい』

その日以降、彼は姿を消した。下宿を訪ねたところ実家に帰っていると言われ、実家を訪ねても会わせてもらえず、電話をかけても取り次いではもらえなかった。

折悪くその頃から戦況が悪化し、ひいお祖母さんも国に帰ることになった。

「帰国は会社の都合で突然決まったらしいよ。それで……船の出る日を伝えて、出港の時に会いたいっていう電報を下宿と実家の両方に送ったけど……結局、来てもらえなかったんだって」

すっかり感情移入して聞き入っていた賢人は、気づけばつぶやいていた。

「そんな……」

「『舞姫』の豊太郎《とよたろう》と――ううん、鷗外と同じね。逃げたのよ。周りの人を盾にして、その後ろに隠れて。自分で向き合おうともしないで」

「万死に値《あたい》するでしょ」

美紅が不穏な合いの手を入れる。

リリーは複雑な顔でうなずいた。

「ひいお祖母ちゃんは結婚遅かったたね。ずっと日本の恋人を忘れられなかったから。――相手はきっとひいお祖母ちゃんと別れることができて、ホッとして、さっさと忘れて、ちがう人と結婚して幸せになったに決まっているのに……」

彼女はそこでくちびるを引き結ぶようにして言葉を切る。やがて続きを待つ賢人と美紅に、決然とした目を向けた。

「ワタシはその相手にひとこと言ってやりたい。今さら言っても仕方ないね。わかってる。余計なお世話よ。でも……それでもその人に知ってほしい。――思い出してほしい。ひいお祖母ちゃんっていう人間がいたこと。彼女が苦しみながらずっとその人を愛してたってこと。あんなに想ってたのに、忘れられちゃうなんてかわいそうだもの……っ」

「リリー……」

美紅がその肩にそっと手を置く。

「つまりリリーはここに、その相手を捜しに来たってこと？」

問いに、彼女はちょっとバツの悪そうな顔でうなずいた。

「……実は、そう。あきれる？」

「んー、気持ちはわかんないでもないけど……難しくない？」

「それはわかってるね。昔このお店に通ってたってことと、ファーストネームしか知らないし……。でも絶対ダメじゃあないかもしれない。力を貸してもらえるとうれしいよ」

懇願するような上目遣いに、賢人は美紅と顔を見合わせる。美紅の方は特に異存がないようだった。

しかし賢人には、ひとつだけ気に掛かることがある。

「……協力するのはかまいませんが、これだけ約束してください」

「なに？」

「仮に相手を見つけたとしても、その人を責めないこと」

その言に、美紅が目をしばたたかせた。

「えー、ダメなの？」

「すべては昔の話です。相手の方にも事情があったでしょうし、当事者でもない人間が非難するのは筋違いじゃないですか」

リリーは少し考えるように首をかしげ、そしてうなずく。

「ワタシはひいお祖母ちゃんのことを思い出してほしいだけね。彼女の気持ちを伝えたい

――なかったことにしたくない……」

誰へともなくつぶやき、やがて宣誓するように右手をあげた。

「わかった。その人に文句言わない。約束する」

「それなら……」

「問題ないわね」

軽くまとめ、美紅は「名前は？」と訊ねた。

「名前はフヒト。名字はわからない。これ写真ね」

「フヒト？」

日本人の名前としてはあまり一般的でない響きのためか、美紅がいぶかしげに訊き返す。

リリーはカウンターに、手帳から取り出した古い写真を置いた。一昨日《おととい》の洋館の写真とはまたちがうもののようだ。

よく見るとそれは、ママレード珈琲店の店内を写したものだった。

コーヒーサイフォンがずらりと置かれたカウンターの中に、オーナーらしき人物が立っている。そしてそのカウンターの前で寄り添って肩を並べる、背の高い男子学生と、異国の若い女性。

学生は、まっすぐな黒髪だった。少し目元にかかる、うっとうしそうな前髪の奥から黒目がちの瞳が静かにこちらを見つめている。

女性はシックなワンピースを身にまとい、古い映画女優のようにカールさせた金の髪に手を当てて、美しくメイクした顔にはにかんだ笑みを浮かべていた。

「このオーナーって、先輩のひいお祖父さん……？」

つぶやきながら、賢人はわずかに眉根を寄せる。

整った細面は、馨に似てなくもないといったところか。雰囲気がちがって見えるのは小粋な口髭《くちひげ》のせいかもしれない。むしろ学生の方が似ている気がする。顔立ちがどうこうというよりも、押し隠した何かを湛《たた》えてひっそりと笑う眼差《まなざ》しが――

「ううん……」

その時、美紅がぎこちなく首を振った。写真をじっと見ながら、彼女は学生の方を指で示す。

「うちのひいお祖父ちゃんは、こっち。帝大《ていだい》で外国文学を勉強してた。名前は……篠宮《しのみや》不比等《ふひと》」

「え……っ」

美紅の言葉にリリーが絶句する。彼女もまた学生を指さした。

「その人がフヒトね。――ひいお祖母ちゃんの元恋人」

「――――……」

その情報が脳内に浸透するまで、たっぷり一拍はかかった。

「えぇっ……!?」


『引っ込んでろって言われた気がするんだけどな、俺は』

すぐに電話をしたところ、馨はごく冷ややかに応じる。話し声が少し反響していることから察するに、どこか建物の中にいるようだ。

「はい、美紅さんの言葉を遠まわしにそう伝えました。が、当の美紅さんが話を聞きたいから早く戻ってこい――いえ、きてほしいと言ってましてですね……っ」

平身低頭して電話をにぎりしめる賢人の背後で美紅がわめく。

「しょうがないじゃん！　こんな展開想像してなかったんだから！」

『その小うるさいのをつまみ出しといてくれるなら、今すぐ戻るのもやぶさかじゃないが――』

「あの、リリーさんのひいお祖母さんの元恋人はフヒトという名前なんだそうです。美紅さんが、それは自分のひいお祖父さんじゃないかって言ってまして……」

『だろうな。そんなめずらしい名前、そうそうないだろうし』

「リリーさんのひいお祖母さんはイライザという名前だそうです。何かご存じですか？」

『イライザ？』

淡泊《たんぱく》きわまりなかった語調が、そこでわずかに変化を見せる。

考え事をするようにしばし間を置いた後、馨は嘆息《たんそく》まじりに答えた。

『……知らないな。じいさんの女はマデリーンって名前だ』


電話をした時は近くにいるという話だったが、馨はそれからたっぷり二時間後に書店に戻ってきた。

「どこに行ってたの？」

閲覧コーナーを陣取って待ちくたびれていた美紅が棘《とげ》のある口調で訊ねると、Yシャツの襟元《えりもと》に指を入れて軽くあおぎながら、無愛想に返す。

「開港資料館。旧英国総領事館が管理していた、戦前から戦中にかけて日本に滞在していた英国人の名簿を見に行ったんだ。マデリーンの名前を見つけた」

「アナタは――その人のこと、フヒトから何か聞いてるの？」

美紅をともなってカウンターへやってきたリリーに、彼はうなずいた。

「あぁ、聞いた。でも君の話とは少しちがう」

置かれていた写真を手に取り、目を落として小さく笑う。

「……じいさん、若いな」

「ちがうってどういうことですか？」

「俺が聞いた話は逆だ」

「逆？」

「確かに曾祖父は当時イギリスの女性と交際をしていた。しかしその相手は憲兵と問題を起こしたとかで、曾祖父の知らないうちに帰国してしまった。手紙を出そうにも、イギリスでの居場所もわからなかったって――」

「嘘《うそ》よ！」

すかさずリリーがかみついた。しかし馨は首を振る。

「嘘じゃない。その後曾祖父は長いことその女性を捜したが、名前も出身地も職歴も、自分が彼女から聞いた情報はすべて虚偽だったと判明したと」

「きょぎ……」

「平たく言えばデタラメだな」

「それくらい知ってるわ！」

激したまま、彼女は馨に詰め寄っていく。

「じゃあ何？　うちのひいお祖母ちゃんが嘘つきだって言いたいわけ？　そんなはずない。彼女を捨てただけじゃなくて、自分に都合よく話を作り変えて言いふらすなんてひどい！　そっちの言うことこそデタラメよ！」

ひどく怒った様子でまくしたてるや、彼女は馨をにらみつけ、勢いよくきびすを返す。そしてそのまま音高く踵《かかと》を鳴らして店を出て行ってしまった。

「リリー、待って！」

その後を追いかけようとした美紅は、しかし一度足を止めて振り向き、まっすぐ馨に人差し指を突きつける。

「これ以上アタシの友達に失礼なこと言ったら殺ス！」

ぷいっと顔を背けて行ってしまった親戚の少女を見送り、馨はがしがしと頭をかいた。

「――だから、そのひい祖母さんとやらの連絡先を訊こうと思ったんだが……、なんであんなに怒りっぽいかな」

「それは先輩が――」

言いかけた賢人はふと思いつき、レジ脇で惰眠《だみん》を貪《むさぼ》る店主のクッションを揺らす。

「ミカン！　ミカン、君は当時のふたりを見てたんだろう？　どっちの話が正しいのか――」

寝込みを襲われた店主は、「フヌゥ……!?」とあわてたように飛び起きた。それから迷惑そうにこちらを振り仰ぎ――賢人と視線を重ねる。

とたん。すぅっと周囲の景色が変わった。

（あ――――）

賢人は一片の紙に見入っていた。

一番上に『電報送達紙』と書かれた、ハガキ大くらいの用紙である。

宛名《あてな》の欄には『シノミヤ　フヒト』、内容は『ハチガツトオカ　キコク　ミナトデマツ』――

紙片を持つ自分の手は、ブルブルとふるえている。

（あれ？　ちゃんと電報を受け取ってるじゃないか……）

賢人としての意識でそんなことを考えた、その矢先。

自分の手はグシャ！　とその用紙をにぎりしめ、激しい手つきでビリビリに破いて捨てた。

「あぁぁ……っ」

思わず発した自分の声に我に返る。

低く流れるジャズのＢＧＭが、ふわりと戻ってきた。目をしばたたかせると、カウンターに腰を預けて古びた写真を見つめていた馨が顔を上げる。

「――何かわかったのか？」

「あ、はい。あの……」

白昼夢の内容を話し、知らないうちに帰国したという証言と矛盾《むじゅん》する旨《むね》を告げると、彼は口元に指を当てた。

「じいさんが見栄《みえ》を張って嘘をついたか、あるいは悪意ある手ちがいで電報を受け取っていなかったか……」

その言葉にハッとする。

「そういえば僕が見た記憶、手元しか見えませんでしたから。あの電報を破ったのが先輩のひいお祖父さんとは限りませんよね」

もしかしたら今のは、誰か第三者の記憶で、その人物がにぎりつぶしたのかもしれない。

（恋のライバルとか。……あるいは、そう、弟さんとか――）

しかし馨は首を振った。

「いや、俺の予想だと、その記憶の主はじいさん本人だ」

「へ？」

さっきは電報を受け取っていなかったと言ったのに。

混乱するこちらにはかまわず、彼は手にしていた写真に目を落として言った。

「電報を見た時期にずれがあるかもしれないってことだ」

「ずれ、ですか……」

「あの時代、外国人との恋愛は難しかったろ？」

「まぁ、そうですね……」

ヒステリックなまでに排他的な軍国主義が浸透していた当時の日本では、外国人というだけで敵性の人間とみなされ、仕事もろくに得られず、周囲から白眼視されたと聞いたことがある。

交際するなどもってのほかだっただろう。ことに馨の曾祖父のように、未来ある良家の子息であれば。

「しかもじいさんは嫡男《ちゃくなん》だったからな。立場を思い出させるために、家がどう対処するかなんて、推して知るべしだ」

かった。

（と言われても――……）

賢人は代々続く由緒正しい一般庶民の家系である。どういうことだかさっぱりわからな
馨はしばらく迷うように沈黙していたものの、やがて意を決したように腰を上げる。

「――よし、行くか」

「え？」

「早めに店を閉めて、じいさんとこに行ってみよう」

突拍子のない提案に、賢人は店内にある大きなのっぽの古時計に目をやった。

「まだ四時ですよ？」

「『私用につき』って貼《は》っておけばいい」

「あのですね……っ」

学校や仕事の終業にかかる五時前後は、ふらりと書店に立ち寄る人が多少は増える。つまりただでさえ客足の少ないこの店において、一日の売り上げを左右する大事な時間帯であるというのに！

オーナーよりも店主よりも売り上げにこだわるバイト店員の訴えを、馨は例によって軽く流した。

「そうは言っても年寄りは夜が早いしな。早く行かないと話ができない」

「それはそうですけど……っ」

「話を聞かなくていいのか？」

「よくないですけど――っていうか人様の家を訪ねるのに、あまり遅いのもよくないですけど……」

もごもごと言う賢人の前で、彼はYシャツの胸ポケットに写真をしまい入れる。

「決まりだな」

ニッと笑うその表情についうなずいてしまったのは、学生の頃から続く条件反射のようなものだった。


港近くの低地にあるママレード書店から車で二十分ほど。延々と坂を上り続けた末、山の上の緑深い一画に分け入ったところでその屋敷は見えてきた。

周囲には背の高い木々が生い茂り、植え込みが続いている。容易には中をうかがい知ることのかなわない作りであったものの、門をくぐるなり景色は一変した。

庭園は緑豊かなまま花々が多く配され、よく手入れのされた美しい佇まいである。

感心すればいいのか、呆れればいいのかわからないほど広い敷地の中、堂々たる構えの白亜の洋館の他に、こぢんまりとした付属屋がひとつ。

こぢんまりといっても主屋と比べればの話で、賢人の目からすれば十分瀟洒《しょうしゃ》な一軒家だった。

馨は車をまっすぐにそちらに向け、空いているスペースに適当に停《と》める。車を降りてからも飽きることなくきょろきょろとする賢人を尻目に、彼は慣れた足取りで小さい方の建物に向かう。

あらかじめ電話をしておいたそうで、インターホンを鳴らすとすぐにドアが開き、黒の上下に白いエプロンをつけた若い女性がにこやかに出迎えてくれた。

（家政婦さん？）

洋館で働いているからには広義のメイドだと思うが、そう考えるとパンツルックなのがやや残念だ。

中に足を踏み入れると、よく磨かれたチョコレート色の床が、歩くたびにぎしぎしときしんだ。階段の張り出した廊下は少しせまいものの、日当たりがよく趣のある古い家屋である。

元は使用人の住居施設とのことで、今は高齢の馨の曾祖父がひとりで暮らしているらしい。

二階は壁を取り払ったワンフロアになっており、高台だけあって眺望《ちょうぼう》が素晴らしかった。

「わぁ……」

思わず声を上げると、窓辺の大きな籐椅子《とういす》に腰かけていた小柄な人影が振り向く。

「――馨か」

「じいさん、元気そうだな。いつまで生きてる気だ？」

（――……!?）

辛辣《しんらつ》な挨拶《あいさつ》にぎょっとする賢人の視線の先で、老人は愉快そうに笑った。

「まだまだ……そう簡単にはくたばらん」

その目の前に立ち、親しげに言葉を交わす馨の表情は穏やかで、これまで見たことがないほど優しいものだった。

（へぇ……）

あんな顔もするんだ、と少し離れたところで眺めていると、「賢人」と手招きをされ、あわてて進み出る。

「は、はじめまして。坂下《さかした》賢人です。篠宮先輩には中学生の頃からお世話になっています」

自己紹介をすると、老人はしげしげとこちらを見上げてきた。

「ほぉ……馨がわしの前に友達を連れてくるのは初めてだな。友達がいないのかと思っていた」

（――――……）

このひ孫にしてこの曾祖父あり。

そんな思いをひそかに胸にしまい入れた。どうやら言いたいことを言う家系のようだ。

老人は柔和な笑みを見せる。

「最近、何度かミカンが訪ねてきた。あいつめ、わしの夢を喰《く》っていったようだ」

「それはご愁傷さま。けど、物忘れなんか今に始まったことじゃないだろう？」

混ぜかえす馨のシャツを引っ張って止める。

「ちょ、先輩……っ」

何しろその記憶は、故意ではないとはいえ自分が受け取ったのだ。笑えない。

目で訴えると、馨は苦笑してYシャツのポケットからリリーが置いていった写真を取り出した。

「この写真を見て、ふとじいさんの話を思い出したんだ。昔聞かせてくれたよな。若い頃にイギリス人の女とつき合ってたって」

「おぉ、これは懐かしい。……わしの初恋だ」

受け取った老人は写真を見つめ、うれしそうに目を細めた。

「名前はマデリーン。すばらしい女性だった。美しく、聡明で、優しくて」

「ひ孫に爪《つめ》の垢《あか》を飲ませたいな」

「先輩……」

ひっそりとささやく相手を小声でたしなめる。

しかし老人は気づいた様子もなく、幸せと、わずかな哀《かな》しみを交えたほほ笑みを浮かべ、じっと写真を見つめていた。

「初めて目にした時は、世の中にこれほど完璧な女性が存在するのかという感動におののいたものだ。だが親しくなるにつれて本性を現し始めた。素のままの彼女は気が強くて、へそ曲がりで、癇癪《かんしゃく》持ちで、気が強くて――」

「二度言った」

「ひ孫にきっちり遺伝してる」

ささやき合う孫達をよそに、老人はうっとりと言った。

「だが……そこがまた愛《いと》おしかった……」

彼女には信奉者が多く、気の休まる間がなかった。それでも、取りつくろわない自然な顔を見せてくれるのは自分に対してだけだった。

誕生日には高価な指輪を贈った。女性に真剣に贈り物をするなど初めてだったから、学生の分際でずいぶん背のびをした。それでも彼女の気を引こうとして贈り物をする他の男達に、どうしても負けるわけにはいかなかった——

そんな思い出話を耳にするうち、ふと白昼夢に出てきた老女が小箱から取り出した指輪に思い至る。

（あれがそうなのかな……）

色とりどりの宝石を連ねた指輪は、当時かなり値が張ったことだろう。

考える賢人の傍らで、馨が口を開いた。

「想い合っていたけど時代が悪くてうまくいかなかった。……そう聞いた気がするけど」

「そうだな。すべてを時代のせいにするつもりはないが……出会ったのが十年、前か後であればと……何度も考えた」

老人はそうつぶやき、哀しみをにじませた目を伏せる。

戦争が始まって数カ月たったある日、不比等は突然憲兵隊に囲まれた。彼らはマデリーンにスパイの疑いがあると言い、事情を訊くだけだといって彼を無理やり連行し、一週間も拘束した。後で知ったことだが、それは陸軍に顔の利く父親の差し金だった。

ようやく解放されて下宿に戻ってみると、彼女から急な帰国を知らせる電報が届いていた。――三日も前に。

「ということは――」

思わずもれた賢人の声に、老人は写真を見つめて静かにつぶやいた。

「……船は出た後だった」

（そんな……っ）

賢人の目に、ぶわっと涙がふくれ上がる。

馨が怪訝そうに眉を寄せた。

「――おい」

「僕、ダメなんです、こういう話……っ」

ずずっと鼻をすすりながら手の甲《こう》で目元をぬぐう。

老人はこちらを振り仰ぎ、さみしげにほほ笑んだ。

「それきり彼女と会うことはなかった」

下宿を飛び出し彼女が借りていた部屋を訪ねるも、当然もぬけの殻《から》。

職場を訪ねても、誰もが彼女については帰国したこと以外知らないと口をそろえ、けんもほろろに追い返された。おまけに、調べたところ彼女の名前も経歴も、すべて実在しないものだと判明した。その時になってようやく気がついた。

「おそらく、憲兵の言ったことは事実だったのだ――」

彼女にはタイピストとしての仕事以外にも使命があった。それを当局に悟られたために急きょ国に返されたのだろう。そして、思うにそれは彼女との交際を知った自分の父親が、相手の身元を調べた際に突き止めたことではないか……。

そう考えると怒りのやり場すらなかった。

「父親の指示で弟が告げたという言葉は、彼女をどれだけ傷つけ、苦しめたか。彼女はどんな気持ちで電報を送ってきたのか。ひどくつらい思いでいたのではなかったか。……それが今も気になっている」

船出の際に駆けつけられなかったことで、幾度自分を責めたことか。

愛している。――その、たったひとつの真実を伝えられないまま引き裂かれたことが、どれだけ無念だったか。

老人は悔恨をかみしめるように言い、そして窓へと目を移した。

「それ以降、……わしは出会いの場である珈琲店に、それまで以上に通い詰めた」

戦争が終わってからも毎日。何十年もの間、ずっと。

彼女と自分をつなぐのは、その場所だけだから。

会いたい。会いたい。──会いたい。

「……マデリーン──」

　窓の外を眺めてつぶやく。まるでそこに、過去の思い出が見えるとでもいうかのように。

　その声には、長い年月を経てもなお色褪《あ》せない想いがあふれてにじみ──賢人の心の琴《きん》線《せん》にふれた後、儚く漂《ただよ》い霧散した。


「先輩のひいお祖父さんにとって、珈琲店は恋人との最後のよすがだったんですね」

　屋敷を辞して車に乗り込みながら、賢人はしみじみと言った。

　名前も素性もわからない想い人。けれどそこで待っていれば、もしかしたらまた会えるかもしれない。そんな場所だったのだ。

「……そうだな」

　馨が言葉少なに返す。彼は彼で、何やら思うところがあるようだった。

　賢人は助手席の窓を開ける。すぅっと頬をなでる夏の風を受け、心を決めた。

「帰ったら絵本を作ります。リリーさんに、ひいお祖母さんの思い出を返さないと」

　ストーリーは、特に手を加えることもなくそのままにしよう。

舞台はどこともわからない異国。

主人公の女の子は、ある日お祖母さんから鍵をもらう。

『これはおまえにあげるわ』

それは、小箱にしまわれた過去に行くことのできる鍵。

お祖母さんは、長いこと大切にしまい込んでいた小箱をなでながら、女の子に言うのだ。

『昔の思い出よ。私の青春が詰まってるの』

『でも……それってていやな思い出でしょう?』

鍵を見つめて、女の子はためらった。興味はある。でもつらいものは目にしたくない。

するとお祖母さんは笑って首を振る。

『そんなことはないわ。真実を口にできない時代だっただけ……』

その言葉に力を得た女の子は、勇気を出して小箱の中へ旅に出る。

そこで彼女はお祖母さんの恋の真実を知る。

彼女の恋人は、事情があって彼女を追いかけることができなかった。そしてふたたび訪ねてくるのを、長いこと待ち続けていた。

彼女が来たらすぐわかるように、しまいにはふたりの思い出の場所だったカフェを買い取り、ずっと守ってきたのだ。

元の世界に戻った女の子からその話を聞いたお祖母さんは、現実の世界で思い出の地に向けて旅立つ。

そして待ち続けていた恋人と再会し、幸せに暮らしましたとさ――

（うん。ラストはハッピーエンドがいいな、やっぱり）

水彩絵の具を溶かし、簡単な下絵の上に色をのせていく。次第に浮かび上がってくる女の子とお祖母さんの物語は、なるべく幸せなものにしたい。

リリーがママレード書店を訪ねてきたのは、亡くなったという曾祖母の代わりに真実を突き止めたかったから。その答えが、彼女の考えていたような無残な話ではなくてよかった。

ひと筆ひと筆、色と共にそんな気持ちも重ねていく。

不比等は異国の恋人を捨てたわけではない。ふたりはお互いに生涯に渡って大切な人だった。

リリーにそれが伝わることを祈って、表紙の絵は、ソファに座って指輪を見つめるお祖母さんをやわらかいタッチで描いた。裏表紙には、指輪を持つ青年の絵を小さくのせる。プレゼントを選んでいるふうにも、渡そうとしているふうにも見えるように描いたのは、その時の彼の気持ちを推し測ってもらおうと思ってのこと。

完成した絵本は、翌日ふらりと遊びに来た美紅に託す。

事情を話すと、彼女は「これは貸しだからね。後で取り立てるからね！」と言い放ちつつも、思いのほか機嫌良く預かってくれたのだった。

＊

数日後。

馨と書架のレイアウトの相談をしていたところ、リリーがひとりでやってきた。

彼女は賢人の作った絵本を差し出し、いぶかしげに訊ねてくる。

「これ……どこまで本当？」

疑いつつも期待をにじませる彼女に、不比等本人から聞いた話をそのまま伝えると、やがて白皙《はくせき》の頬は薄紅色に染まり、うれしそうなほほ笑みが浮かんだ。

「それ、本当ね？」

「本当です。僕がこの耳で聞きましたから」

「ならよかった……」

安心したように息をつくリリーに、馨が、先日彼女が忘れていった写真を返す。

「たいそうな剣幕だったが、なんでそこまでうちのじいさんに腹を立ててたんだ？　君のひい祖母さんの遺言か？」

「ちがう！　彼女はフヒトの文句なんか一度も言ったことないよ。ただ……だって――」

言葉を探すように視線をさまよわせ、彼女は手にした写真を見下ろす。その頬がふたたび赤く色づいた。

「だってこの人、カッコいいんだもん」

「……はい？」

思わず訊き返した賢人に、リリーはこの写真を初めて目にした時の衝撃について熱く語る。それによると、彼女はそこに写る不比等をひと目見て、その瞬間に心臓を鷲《わし》づかみされたとのことだった。

「いや惚《ほ》れるでしょ、これは！　さらさらストレートの黒髪に、神秘的な黒い目！　制服もカッコいいし、おまけにこの国で一番難しい大学の学生なんて――好きになったひいお祖母ちゃんの気持ちがめっちゃわかるっていうか！　なのにひどい人だっていうのが許せなくて……っ」

「はぁ……」

ぽかんとうなずく賢人の横で、馨が白けた顔で言う。

「会うか？　ヨボヨボでよければ」

「先輩！」

「だから……ぜんぶワタシの勘ちがいだったってわかってうれしいね」

彼女は写真を大事そうに手帳にしまい、それを抱きしめるように胸に抱え込んだ。

「……ひとつ思い出したね。ひいお祖母ちゃん、戦争が終わってから何度か、日本に行こうとしたことがあるんだって。でもなかなか職場の許可が下りなかったって言ってた」

「何の仕事だったの？」

「公務員」

「あぁ……」

確かにスパイは公務員である。ジェームズ・ボンドもイーサン・ハントも、仕事は過激であるもののれっきとした公務員だ。

「バリバリ働く人だったっていうし、聞いた時は単に仕事が忙しいって意味かなって思ったけど……もしかしたらちがうのかも。もしかしたらひいお祖母ちゃんは、日本に行く前から公務員だったのかも。生活に色々と制約があったって、親戚が話してるのを何度か聞いたことがある……」

「そうでしたか」

「そう、よく考えるとひいお祖母ちゃんは『舞姫』ってガラじゃないね。もっとたくましかったよ」

その発言に、賢人はふとあることを思い出した。

「そういえば――……」

つぶやきながら、読み終えた文庫本をエプロンのポケットから取り出す。

「リリーさんの友達が言ってたという、森鷗外の妹の回想記を読みました。確かに日本まで追ってきたエリーゼのことが書かれていましたが……、この中のエリーゼも、あなたが言うような薄幸な女性って感じではありませんでしたよ？」

「はっこう？」

「幸薄いっていうか、ええと……幸せじゃないってことです」

その言葉に、彼女は頭を整理するように言った。

「……エリーゼは幸せじゃないようには見えなかったってこと？　つまり幸せだったの？」

「幸せだったかはわかりませんが、この本を読んだ限りでは、彼女は日本滞在をそれなりに楽しんでいたようです」

「そんなはずない……っ」

彼女は思わずといった様子で首を振った。

もちろん他人の目から見た記述であることを忘れてはならない。けれど書かれていることが事実だとすれば、エリーゼは日本にいる間にあちこち観光に行き、いたって機嫌良く買い物を楽しみ、土産物を買い込んでいたという。

おまけに森鷗外本人が、それに付き添っていた。

「はぁ!?」

その真相は、想像とまったくちがったのだろう。愕然《がくぜん》と返すリリーの様子に馨が噴き出した。彼女はキッとそちらをにらみつける。

賢人は、文庫の当該箇所を開いてふたりの間に割って入った。

「そう書いてあります」

鷗外の方はといえば、エリーゼを案内しながら、ちゃっかり語学の勉強に励んでいたようだ。

そして別れの日。横浜港までみんなで見送った際、ハンカチを振るエリーゼの顔に少しの憂《うれ》いもなかったのが不思議なほどだったと記されている。

リリーは読めない文庫のページを見つめて首をひねった。

「どういうこと……?」

「あくまで僕の推測にすぎませんが……」

まず当時のドイツ——エリーゼの母国では、二十一歳というのは、女性が親の許可なく船で外国へ旅行に出かけることができるようになる年齢なのだという。それを踏まえて考えると、彼女が船に乗って国を出たのは、恋心もさることながら、好奇心や冒険心に衝《つ》き動かされてのことでもあったのではないか。

「そしてやってきた日本で、彼女は自分が、想う相手に望まれていないことを知ったのでしょうが……、それでも打ちひしがれて終わったわけではなかったようです」

それどころか、追いかけた当の相手と観光をしてまわったという姿勢から察するに、恋の結末はさておき、せめて遠い国にやってきた機会を精一杯楽しもうと、気持ちを切り替えたのではないか。

けれど日本に生まれ、日本から出ることなど考えたこともない鷗外の妹には、そういったのびやかなエリーゼの考え方が理解できなかったのだろう。

賢人は人差し指を立ててリリーに笑いかけた。

「ようは、エリーゼもけっこう強くてたくましい女性だったのかもしれませんよ」

「でも……っ、どんな解釈しても、わざわざ日本まで来たエリーゼが鷗外にフラれたのは事実ね！」

ムキになったように言い返す彼女の前で、馨と目を見交わして笑う。

その時、ふと視界の端に何かが映ったような気がして賢人は閲覧コーナーを見た。

四角い主棟から独立する形でくっついた八角形のそのスペースには、昔カフェだった際に使われていたテーブルと椅子がそのまま並べられている。

その椅子のひとつに、小柄な人影が腰を下ろしていたのだ。

「あ……」

つぶやいた賢人の視線を追って、馨も気づいたようだ。怪訝そうな顔で口を開く。

「じいさん?」

そう——そこに座っていたのは、つい先日面会したばかりの篠宮不比等だった。

「篠宮さん、いついらしたんですか⁉」

「その人が馨のひいお祖父さん?」

驚いたようにリリーが訊ねた、そのとたん。

ふいに店の中であるというにもかかわらず、その場を強い風が吹き抜けた。

台の上に並べられていた本が、いっせいにぱらぱらと音を立ててページを開く。

日当たりのいい閲覧コーナーで、風に舞う白いカーテンに包まれた不比等は、写真に写っていた若い頃の姿に変じてハッとこちらを見た。

そして何かを見つけたように顔を輝かせる。
そんな彼の前に、やはり写真の中にいた異国の女性が、まっすぐに走り寄っていった。
ふたりは手を取り合い、それはそれは幸せそうに笑い合い、そして――光に淡く溶けて
消えていく。

「――……」

三人で啞然《あぜん》とそれを見守った後、リリーがぽつりと声をもらす。

「……なに、いまの……」

「さぁ……」

もしやミカンが何かしたのかと振り向いた、その先で。

プルルル……と、店の電話が鳴り出した。

賢人はなぜか、それが馨の実家からであると、不思議なほどはっきりと予感した。おそらく篠宮不比等はたった今、恋人のもとへ旅立ったのだ。

そう察したのは賢人だけではなかったようで、馨が表情をこわばらせる。

みんなが凍りついている間に、電話の音は途切れた。

そんな中、クッションから身を起こしたミカンが、とん、と身軽に床に下りて閲覧コーナーまで歩いて行く。そしてテーブルに飛び乗ると、こちらに向けて「ヌー」と鳴いた。

その足元に何か光る物を見つけたリリーが、「あ！」と声を張り上げ、ぱたぱたと鋼色の猫のもとに向かう。

「これ、ひいお祖母ちゃんの指輪だ」

テーブルの上にあった指輪を手に取り、それを光にかざした。

「下宿に置いてきたはずなのに……」

不思議そうにつぶやきながら彼女がそれを持ってくると、馨は指輪を受け取り、矯《た》めつ眇《すが》めつして眺める。やがてくちびるに笑みを浮かべた。

「……メッセージリングだ。石の並びに意味を込める」

言いながら、彼は指輪に埋め込まれた宝石を端から指でたどる。

「ダイヤモンド、エメラルド、アメシスト、ルビー、エメラルド、サファイア、トパーズ。石の頭文字を並べると、ＤＥＡＲＥＳＴ——最愛の人」

「——あっ……」

リリーが茶色の瞳を大きく見張る。馨から返された指輪を手のひらの上で受け止め、彼女はたった今知った真実に言葉を詰まらせた。

真実を口にできなかった時代に、それでも想いを伝えようと、不比等は精一杯メッセージを込めてその指輪を贈ったのだ。

そしてマデリーンはそれを終生大切に持ち続けていた。

「じゃあ……ひいお祖母ちゃんは、苦しんでいたわけじゃ、なかったんだね……」

会えなくても、結ばれることがなかったとしても——彼女だけが知る彼の心がそこにあったから。

目に見える形で、彼女の手の中でいつも輝いていたのだから。

その恋は半世紀以上ずっと、彼女に苦悩ではなく、力を与えていた。……そう信じてもいいはずだ。

賢人はリリーの言葉にうなずき、彼女の手の上の指輪を改めて見つめた。

「きっとそうですよ」

思い出の店でようやく再会を果たしたふたりの姿が、幻《まぼろし》ではなかったという証《あかし》のように。

想いの結晶は今も褪せることなく、色とりどりの光を力強く弾《はじ》いていた。

ネコ店主の長閑なる午睡

Daydreams
in the Marmalade
Bookstore

「こいつはミカン。ここの店主」

馨《かおる》の説明に、初めて目にした人間はのんきな笑顔で応じた。

「へぇ、店主なんですか。なんだか我《わ》が輩《はい》って感じの猫ですねー」

猫ではない。

そして我が輩でもない。さらに言わせてもらえば、目を細めてもふもふと頭をなでるな。

私の今の名前はミカン。夢を喰《く》い、人よりもはるかに長く生きるものである。ここの住人達はそれを『貘《ばく》』と呼ぶ。そのように妖怪じみた呼称ではなく、昨今の時流に則《のっと》り夢魔《むま》と書いてナイトメアと呼んでくれてもかまわないのだが。

今からおよそ百年ほど前、ここにこの屋敷が建った際に、それまでにない美しい佇《たたず》まいに心惹《こころひ》かれ、住《す》み処《か》にしようと決めた。ちなみに当時の住人は私のことをシャルルと呼んだ。

その後、屋敷が人手に渡り珈琲《コーヒー》店となった際に、新しい住人は私に向けて「ママレードにちなんだ名前がいいな」と言った。そのハイカラな発想に大いに期待し、新しい名前はベルガモットになるにちがいないとふんだ。……結果は前述の通りである。

「ミカン。ちょっとごめんね」

カウンターの拭《ふ》き掃除をしていた賢人《けんと》が、私ごと寝床《ねどこ》を持ち上げる。

「ヌー……」

ぞんざいな扱いはまことに遺憾《いかん》である。そう告げて、クッションの上で断固として身を丸めた。

この人間は私が日がな一日昼寝をしていると思っているようだが、それは大きなまちがいだ。確かに私はひとところに留まって客を観察しながら、その日の食事を物色する。だがその間に万引きや、本へイタズラする者を見つけ、撃退したことも一度や二度ではないのである。

ほら、言っているそばから本棚の前に訳ありそうな客が立っている。

年の頃三十歳前後か。チノパンの上にポロシャツ——観光のついでに足をのばしたという風情の男性客は、本棚を難しい顔で眺めた末に、小説を一冊そっと取り出した。大事そうに手に取り、ぱらぱらとページを繰《く》ってからそれを棚に戻す。そしてため息をつく。

今日は、彼に決めた。

というわけで、日が沈み人が寝静まった頃、私は店を抜け出し、件《くだん》の男性の家へ向かった。これと目をつけた相手の気配は、半日以内であれば難なく追うことができる。

夢を美味《おい》しくいただいた後は店に戻り、寝床に丸まって消化に努めた。さらに半日がたち、胸元からせり上がる小骨のようなものを感じたら、賢人と視線を重ねるだけ。

ぺっ。

という感覚と共に、胸はすっきりとし、賢人はぼんやりと立ち尽くす。

どのような記憶を得たのかは定かではない。しかしその後、売り場でハタキをかけていた彼は、ある場所でふいに手を止めた。

昨日の男性客が本を手に取った場所である。そしてしばらく棚を眺めた後、賢人は同じ本を棚から抜き出した。不思議そうな顔で表紙を眺め、開いてしばらく立ち読みをした末に、小脇に抱える。

翌週、売り場の棚にはその小説本が何冊か、表紙の見える形で置かれた。もちろんお得意のポップ付きである。

「全然知らない作家さんだったんだけど、試しに読んでみたら意外におもしろくてさ」

コーナーを作りながら、賢人が私に言う。

「読んだ人が、夢に見るくらいだもんね」

タイミングよく、その翌日に件の男性客がふたたび来店した。今度は仕事中らしくスーツ姿である。

私は寝床から念を送った。本棚へ行け。何をしている。ＳＦの棚に引っかかってないで、早くこの間本を手に取った場所へ行くがいい。

私の心の声に背中を押されたかのように、SFの棚から離れた客は、まっすぐに先日立ち止まったあたりへ向かう。そして――

「え……？」

ポップ付きで面陳《めんちん》されている本を見るや、目を見張った。彼はしばらくそれを見つめた後、あわてた仕草でカウンターへやってくる。

「すみません……っ」

レジに立つ賢人に、彼は名刺を差し出した。

「あ、私、出版社の者なんですけど――あの、うちの本を取り上げていただいてありがとうございます！」

ちらりと名刺をのぞいてみたが、あまり見ない名前の出版社である。

きょとんとする賢人に、客は件の本の置かれている場所を指でさし、満面の笑顔で告げた。

「あの作家さん、私が担当している方なんですが、あの作品にとても思い入れがあって……」

溌剌《はつらつ》とした説明によると、こうだ。

あの小説はネタもよかったし、意外性のある結末も秀逸《しゅういつ》で——何より自分の持てる力をすべて注ぎ込んだと作家本人も自信のある様子だった。刊行に際しては出版社も営業に力を入れたものの、間の悪いことに、ちょうど同じ時期に大手出版社から人気作家達の新作が立て続けに出たため、書店の売り場はそれら一色となり、あの本はほとんど話題にもならなかった。

「そのせいで作家さんはすっかり自信をなくしてしまったんです。『あれがダメなら、他に何を書けばいいいんだ』って。——ですので、あのコーナーの様子を写真に撮ってもいいでしょうか?」

スーツ姿の編集者は、カバンからスマホを取り出しながら言った。

「ああやって書店員さんの紹介付きで取り上げていただいてるのを見たら、——ちゃんと読んでおもしろいと思ってくださる方もいるんだって知れば、きっと作家さん、すごく励まされると思うんです!」

熱のこもった懇願《こんがん》に、賢人もまたうれしそうにうなずいている。

「そういうことでしたら、どうぞ。好きなだけ」

許可を得た編集者は、近くから、遠くから、正面から、斜め横から……とあらゆる角度から写真を撮り、賢人に何度も礼を言いながら帰っていった。

「コーナーを作って、あんなに喜んでもらったの初めてだ」

賢人がくすぐったそうにつぶやく。

うれしいか？　そうか。私に感謝するといい。

皆は私を、日がな一日昼寝をしていると思っているようだが、それは大きなまちがいだ。

このように人知れず店主として貢献《こうけん》していることも多々ある――……。

チリンチリンとドアベルが鳴り、入ってきた母子を目にするや、いやな予感がした。

「あ、ネコぉ……！」

案の定、幼児がこちらを指さしながらカウンターに突進してくる。私は寝床から起き上がり、高い本棚の上に飛び乗った。

子供きらい。子供きらい。

全身でそう主張している私の眼下で、賢人は能天気に「いらっしゃいませー」などと声をかけている。

店の中を駆けまわる子供を、母親が注意する。

長閑《のどか》な午後の店内に、ぽつりともれた賢人の声が響《ひび》いた。

「僕が知らないだけで、読めばおもしろい本って、きっとたくさんあるんだろうな……」

参考文献

『森鷗外の系族』　小金井喜美子　著（岩波書店）
『鷗外の恋　舞姫エリスの真実』　六草いちか　著（講談社）

集英社オレンジ文庫をお買い上げいただき、ありがとうございます。
ご意見・ご感想をお待ちしております。

● あて先
〒101-8050　東京都千代田区一ツ橋2-5-10
集英社オレンジ文庫編集部 気付
ひずき優先生

集英社
オレンジ文庫

書店男子と猫店主の長閑《のどか》なる午後

2015年8月25日　第1刷発行
2022年3月13日　第2刷発行

著　者　ひずき優
発行者　北畠輝幸
発行所　株式会社集英社
〒101-8050東京都千代田区一ツ橋2-5-10
電話【編集部】03-3230-6352
【読者係】03-3230-6080
【販売部】03-3230-6393（書店専用）
印刷所　図書印刷株式会社

ISBN 978-4-08-680034-1 C0193